Évelyne Charasse

Petites nouvelles d'après demain

Préface

Que se passe-t-il quand une poétesse est frappée par un rayon de lune ? Elle se met à écrire des nouvelles qui oscillent entre le fantastique et la science-fiction. Évelyne Charasse a trop regardé les étoiles, nourrissant je ne sais quel espoir secret et à chaque astre scruté, elle nous avait habitués depuis des années à rédiger des haïkus qui, à première vue, étaient parfaitement inoffensifs mais en vérité livraient des émotions profondes.

Cependant, à force de jongler avec les étoiles, Évelyne Charasse est tombée dans un gigantesque et mystérieux trou noir qui a dilaté son imagination et multiplié les mots de sa plume. Voilà ce qui arrive quand un écrivain est imprudent et se promène un peu trop dans l'univers.

Une autre dimension dans la forme, une autre dimension dans le fond, Évelyne Charasse continue à nous entraîner dans son monde sensible. C'est un régal, de l'humour et de l'imagination, toujours une transcendance délicate ; mais pour notre plus grand bonheur, cette fois-ci, Évelyne Charasse se livre à nous d'une façon différente et, peut-être, moins émotive et plus pensée. Encore qu'il ne soit pas vraiment possible et nécessaire de comparer ses poèmes et ses nouvelles. C'est une autre façon pour elle de nous parler ; à nous de la suivre dans ce chemin littéraire subtil et fidèle à un idéal fondé sur l'amour.

Pierre Léoutre

ARME SILENCIEUSE

Len poussa le portillon ouvrant sur son jardinet au gazon bien tondu et encore vert. Harassé par une semaine de travail plus qu'ardue au bureau, il retrouvait son domicile comme un havre de paix. Zia et les enfants étant en vacances chez ses beaux-parents, la maison respirait la tranquillité.

Quel bonheur d'ôter ses chaussures et de laisser ses pieds meurtris sur le parquet du salon. Une bière à la main, il se vautra dans son canapé et commença à zapper les chaînes de télévision, histoire de bien se vider la tête. C'était son petit rituel quand il occupait seul les lieux, s'acharner sur la télécommande, regarder toutes les chaînes une par une, sans exception aucune, ricaner bêtement devant certaines, s'énerver devant d'autres, tout ça pour décompresser et oublier son chef d'agence manipulateur.

– Les serviettes auto absorbantes Klair sèchent les fesses de bébé dans la douceur...

– Agrisson le meilleur buteur au monde a raté son match hier...

– Suivez sur TV45 la nouvelle série phénomène qui va vous scotcher au fauteuil...

Les informations diverses défilaient devant ses yeux, sa bière finie, il restait comme hypnotisé par les images colorées du téléviseur grand format. Surtout devant les nouvelles plus ou moins stressantes des journaux télévisés :

– Encore un attentat qui fait des centaines de morts...

– On ne l'apprend qu'aujourd'hui : le professeur Muller, spécialiste des interactions végétales, par dépit amoureux, aurait déversé dans les égouts il y a un an les produits de ses recherches polluant ainsi le réseau d'eau...

- Il tue sa famille et se suicide, le drame de la jalousie...

Soupirant, Len s'extirpa de son canapé pour aller commander des sushis au japonais du coin comme tous les soirs depuis le départ de sa famille.

Zia l'appela au même moment. Tout allait bien chez ses parents, les enfants allaient à la piscine avec leur grand-père et jardinaient, désherbaient surtout, avec leur grand-mère et elle-même se reposait en lisant quelques romans.

– Il ne fait pas trop chaud en ville, chéri ? Ici les arbres sont immenses et donnent une ombre fraîche. N'oublie pas d'arroser mes plantes, dit-elle.

Curieusement, il se trouvait devant les fameuses plantes à ce moment-là. Il se sentit vaguement confus de les avoir effectivement oubliées. Mais elles se portaient pas trop mal. Voire vigoureuses et denses pour des petites plantes d'intérieur laissées sans soin.

Le lendemain soir Len fut un peu surpris de constater que son gazon méritait déjà une nouvelle tonte, les herbes folles atteignant son seuil. Il remarqua aussi que certaines branches des arbres de sa rue touchaient les maisons. La chaleur estivale était étouffante, il prit une douche avant même de décapsuler une bière.

La télévision vomissait toujours ses informations et divertissements pèle mêle, les couleurs criardes et les jingles incessants mettant un semblant de vie dans la maison.

– Record de chaleur atteint cet été 2080...

– Affluence record aux urgences due aux crises d'asthme violentes, la recrudescence des pollens en cause...

– Les municipalités débordées par la croissance de la végétation... Les désherbants inefficaces...

Les gros titres s'enchaînaient les uns après les autres sans pour autant le faire réagir. Il avait monté la clim à fond et son ronronnement régulier le berçait suffisamment pour l'engourdir. Sa journée de travail l'ayant épuisé, il s'endormit la bière à la main devant sa télé.

– Le professeur Muller, éminent chercheur, avait découvert le moyen de faire communiquer les plantes entre elles.

Len s'éveilla d'un coup. Il était 1 heure du matin et la chaîne Infos diffusait encore des reportages. Vaseux, il se traîna jusqu'au frigo pour y attraper quelque chose à manger. Dans la cuisine baignée d'obscurité, il vit une ombre mystérieuse. Il alluma aussitôt : c'était une des plantes de Zia, devenue énorme et qui occupait un large espace de la pièce. La stupeur le cloua sur place. Comment une petite fougère d'intérieur pouvait en 24 heures tripler de volume ? Une petite fougère qu'il n'avait pas arrosée depuis le départ de sa femme. Instinctivement, il regarda l'autre plante de la maison, un pothos jusque-là gentiment accroché le long du plafond, ses tiges maintenant s'enroulaient en lianes dans tous les bibelots ou meubles à sa portée, ses feuilles rampaient sur le sol. Quel engrais Zia avait-elle pu mettre pour un tel résultat ? Agacé, il arracha des brassées de feuilles pour dégager les objets emprisonnés par cette végétation incongrue. Il jeta le tout dans sa poubelle. La fougère ne subit pas le même sort, elle avait pris de l'ampleur mais restait dans son pot minuscule. Il se contenta de la déplacer vers la porte d'entrée.

Accablé de chaleur il se rendormit comme une masse. Il rêva d'une jungle hostile où des animaux sauvages affamés le poursuivaient. Il se réveilla en nage.

La plante du salon avait encore grossi durant la nuit. Elle courait sur le sol, insinuait ses ramifications dans chaque interstice qu'elle trouvait. Partout ses belles feuilles d'un vert vif s'étalaient. Une rage gagna Len, il s'énerva à détruire une grande partie de la plante et voulu jeter les débris dehors. Déjà, il fut gêné par la dimension prise par la fougère juste devant sa porte. Mais quand il réussit à l'ouvrir, il fut saisi par le spectacle ahurissant d'herbes folles hautes et fournies partant à l'assaut de sa maison. Il se trouva face au chaos. La tête lui tourna. Tout autour de lui régnait une végétation luxuriante. Son pavillon de banlieue semblait avoir été transporté dans une jungle inconnue. Les arbres de la rue mêlaient leurs branches à celles de ceux des petits jardins, créant ainsi un toit de verdure quasi opaque. Partout des herbes, plantes, fleurs disséminés sur la route, crevant le goudron, perçant les trottoirs. Des sirènes hurlaient. Des camions de pompiers tentaient de se frayer un chemin au milieu de la végétation dense. Des militaires aidaient tant bien que mal les habitants à se défaire des végétaux envahissants. Des bruits de tondeuses, débroussailleuses et autres tronçonneuses résonnaient dans le quartier. On entendait aussi des cris, des hurlements.

Son voisin Ari, un solide gaillard tout en muscles, armé d'une cisaille l'interpella alors qu'il coupait des ronces prises dans son compteur d'eau.

– Len ! Cours chercher un sécateur !

– Il se passe quoi ?

– Les plantes sont devenues folles.

– Comment ?

– Tu es au courant qu'un savant dingue a balancé ses recherches à la flotte ?

– Oui... vaguement...

– Il cherchait à développer la communication entre les plantes... Une commande de l'armée... Il nous a foutu un beau boxon ! Et mondial en plus !

Incrédule, Len regardait ce monde végétal déchaîné auquel il était étranger.

- C'est à cause de ça qu'elles poussent sans cesse ?

- Exact ! Aux dernières infos, juste avant que tout le réseau ne soit interrompu à cause de ces saletés rentrées dans les boîtiers et postes de dérivation, ils disaient que le professeur avait mis au point un produit capable de réveiller l'hyper réactivité des végétaux.

– Il connaît l'antidote ?

- Même pas ! Rien ne les atteint : regarde, on les coupe elles repoussent de plus belle ! À vitesse grand V en plus ! Immunisées contre les désherbants qu'elles sont maintenant ! On essaye juste de limiter les dégâts !

Len restait les bras ballants. Plus d'électricité. Plus de télévision. Des conduites de gaz explosaient un peu partout. La guerre était déclarée. Fébrile, il appela sa femme sur son smartphone :

– Zia ? Tout va bien chez tes parents ?

– Len, c'est terrible ici : les herbes rentrent dans les maisons, partout, partout. Nous ne savons pas quoi faire.

– Trouvez un refuge.

– Elles sont partout je te dis Len. Elles...

La communication cessa brusquement, Len hurla :

– Zia ! Zia !

Il tenta plusieurs fois de la rappeler.

– Il faut que je sorte ma voiture, Ari. Je dois retrouver Zia et les enfants.

Mais il sut qu'il ne pourrait pas les rejoindre. Aussitôt détruites aussitôt remplacées. Inexorablement, elles conquéraient tout l'espace. Rien ne résistait aux assauts silencieux d'une armée verte et feuillue insensible et redoutable.

Len et Ari furent soudain soulevés et projetés violemment contre le mur par des racines jaillissant de terre. Ils disparurent, ensevelis sous des gravats et un enchevêtrement inextricable de branches vigoureuses.

Bientôt la ville entière se recouvrit d'une belle et chatoyante couleur verte.

AUX FRITES DORÉES

Jojo maniait l'écumoire avec dextérité et prudence. Il connaissait son travail depuis plus de vingt ans et le faisait avec patience et application. Il fallait laisser dorer les frites juste le temps nécessaire, les sortir de leur bain d'huile brûlante sans précipitation, les déposer dans le plat pour qu'elles s'égouttent un peu avant que l'apprenti ne les repartît dans les assiettes : voilà comment obtenir de bonnes frites. Jojo travaillait avec plaisir. Il disait souvent :

« Les frites, elles sont bonnes parce qu'on les aime. On les aime vraiment. C'est pour ça qu'ici pas de surgelés ! Que de la bonne patate épluchée du jour ! »

Il avait connu bien des galères avant de s'assagir et de se retrouver dans cette cuisine surchauffée. Sa femme Sophie n'était pas étrangère à tout ça. Il regardait souvent avec tendresse son alliance et le tatouage « S » qu'il avait sur son majeur.

– Comme ça, je penserai à toi en bossant, lui avait-il dit en riant.

À l'époque de leur mariage, Jojo n'était pas encore le patron de ce petit restaurant de la banlieue Lilloise. Il n'était qu'un simple gosse, pauvre gosse sorti des bas-fonds de misère de la capitale Picarde, encore maladroit et empoté sous les ordres du vieux cuisinier Dédé qui allait lui révéler tous les secrets d'une bonne cuisine traditionnelle du Nord. Issu du quartier Wazemmes où la vie peut parfois être plus difficile qu'ailleurs, il avait cumulé les causes de malchances : un père alcoolique et donc sans cesse au chômage, une mère handicapée physique et donc peu disponible, cinq frères et sœurs très rapprochés et donc turbulents. Jojo arrivait troisième dans cette fratrie agitée. La famille logeait dans un HLM vétuste, entourée de voisins guère mieux lotis. Chez Jojo les coups ne tombaient pas, ses parents étant la plupart du temps trop assommés par l'alcool ou les médicaments pour faire quoique ce soit. La famille de Jojo vivait d'allocations-chômage et familiales. Ces maigres ressources fondaient comme neige au soleil d'été dès qu'elles arrivaient sur leur compte en banque. Le père retirait un gros paquet de liquide et disparaissait dans les bars alentour laissant la mère désemparée avec ses enfants. Six gosses aux ventres vides à nourrir c'était trop pour elle. La grand-mère maternelle venait parfois donner un peu de temps pour le ménage que sa fille ne pouvait faire et en profitait pour cuisiner une grande gamelle de pâtes à la sauce tomate. Un régal. Il se souvenait encore du goût ce plat sur sa langue encore actuellement. Ils vivaient pauvrement dans le dénuement matériel et moral total. Dès qu'ils le purent, Ils chipèrent dans les magasins, fouillèrent à la nuit tombée dans les poubelles des petits restaurants, glanèrent sur les marchés. Deux enfants sur les six commencèrent des petits trafics pour finir en prison.

Dès qu'il sut marcher Jojo apprit à se méfier de l'alcool. Bien sûr qu'il y avait goûté, pour faire comme son père. Pour comprendre pourquoi il engloutissait tout l'argent du ménage. Un soir, il avait suivi ses frères aînés dans une fête. Ce dont il se souvenait, c'était qu'il avait bu tout ce qu'on lui présentait. Par défi. Inexplicablement cette beuverie mémorable qui l'avait laissé sur le carreau avait agi comme un antidote : il fut désormais immunisé contre l'alcool. Il avait huit ans. On devient vite mature quand les conditions de vie sont médiocres. Le lendemain, se réveillant difficilement auprès

de ses frères salis de vomi, puant la mauvaise bière, méconnaissables et repoussants, il choisit d'être désormais le plus raisonnable possible. Il respecta son choix tout au long des années qui suivirent.

« Je sortirai de cette misère. » pensait-il souvent. Et cette phrase devint même sa devise. Il s'y accrochait fermement. Malheureusement, dans le même temps, ses frères aînés se laissèrent glisser sur la mauvaise pente pour finir en prison. Leur père les abandonna à leur triste sort sans remords, poursuivant sa lente destruction alcoolique. Il mourut dans la rue, seul, un soir un peu plus arrosé qu'un autre. Leur mère quant à elle, complètement dépassée par ces malheurs, sombra dans une grave dépression et délaissa encore un peu plus sa progéniture. Ses sœurs, des jumelles et une petite dernière alourdies de tous ces tracas eurent la chance de plaire à leur grand-mère maternelle qui accepta de les prendre toutes les trois chez elle, le temps que leur mère reprenne ses esprits. Chose qui n'arriva jamais. Resté seul avec elle, Jojo mesura avec lucidité la distance existant entre eux. Il considéra qu'il était plus responsable que sa mère. Il prit en charge toutes les contraintes du foyer : s'occuper des papiers, gérer leur petit budget, maintenir le logement propre. Pour réussir il comptait sur l'école où il se montrait assidu.

Dans sa cité, il passait pour un extraterrestre, un enfant sage c'est plutôt rare. Jojo n'écoutait ni les critiques, ni les jalousies, ne s'en tenait qu'à son projet. Pour s'évader de cette pauvre vie.

Un soir, après l'école, il avait dix ans, alors qu'il rentrait chez lui d'un pas rapide, insensible aux appels rigolards des copains sur l'aire de jeux, il se sentit observé. Il se retourna mais ne vit rien d'autre que des enfants débraillés en train de taper dans un ballon dégonflé. Il reprit sa marche rapide, il devait faire ses devoirs, apprendre ses leçons et accompagner sa mère au parloir pour voir un de ses aînés. Il était pressé.

-Jojo, fit une petite voix.

– Quoi ? demanda l'enfant incrédule en cherchant partout la provenance de cet appel.

– Je suis là. Regarde bien.

À un mètre de lui se tenait un moineau qui le fixait :

- C'est bien moi qui te parle Jojo. Ne crains rien, je veux juste t'aider.

Ils se trouvaient alors dans une ruelle peu fréquentée. Plus que surpris l'enfant répéta en bredouillant :

– Quoi ?

– Tu le mérites cher enfant.

14

– Je comprends rien.

– Je suis la fée Mab et j'ai décidé de t'aider un peu.

– Comment ?

- J'ai des grands pouvoirs tu sais et parfois je m'en sers pour faire le bien chez les humains.

– Pourquoi ?

- Parce que tu es un garçon courageux qui affronte une vie difficile.

Le petit garçon hésita : devait-il s'enfuir ? Se pincer pour se réveiller ? Ou rester là à écouter parler un oiseau ?

– Tu vas faire quoi ?

L'oiseau sautillait autour de lui de façon frénétique.

– Tu verras demain.

N'y tenant plus Jojo s'enfuit sans se retourner.

Le lendemain, ayant très mal dormi, il arriva à l'école en retard alors que les grilles se refermaient. Il rentra dans sa classe précipitamment et bouscula une fille sur son passage. C'était une nouvelle élève, il la voyait pour la première fois. Son cœur bondit dans sa poitrine à lui en faire mal. Cette mince et timide fillette aux cheveux blonds, il sut que pour elle, il ferait tout pour avoir une vie qu'on dit « normale ». Du côté de Sophie, le coup de foudre fut identique, mais elle n'en laissa rien paraître et ce ne fut que deux semaines plus tard qu'elle consentit à lui parler. D'un amour innocent d'enfants naquit un amour solide d'adultes, sans qu'ils ne se rendissent compte du temps écoulé. Ils s'épaulèrent mutuellement durant leur cursus scolaire d'abord et ensuite professionnel. Ils choisirent tous deux de faire un CAP en restauration. Ce ne fut pas facile, étant un milieu assez dur et peu regardant à la fatigue. Mais avec patience et courage, au fil des années, ils mirent de côté des économies pour ouvrir leur petit restaurant bien à eux, et là, ils y étaient : « Aux frites dorées » leur appartenait. Le petit établissement accueillait 30 couverts mais c'était largement suffisant. Jojo ne voulait servir que de bons produits : des bonnes frites d'ici, dorées à souhait pour accompagner des bonnes moules ou un bon steak. Bien sûr, on pouvait déguster ici aussi du welsh rarebit maison, de la tarte au Maroilles, toutes les spécialités Lilloises. Et cela marchait, les clients ravis de leur repas le félicitaient chaque jour et cela suffisait à faire son bonheur. Le petit Jojo était loin, très loin maintenant. Quand le patron des « Aux frites dorées » sortait de sa cuisine pour prendre l'ambiance de la salle et qu'il voyait des clients satisfaits, il soupirait d'aise, d'autant qu'il se trouvait sous le regard aimant de sa Sophie. Ce qu'il ne dit à personne, c'est qu'il regardait toujours les moineaux piaillant devant le restaurant avec un peu d'anxiété et de tendresse mêlées. Il tenait à leur donner tous les jours de grosses poignées de miettes de pain.

Avait-il rêvé ou non ce soir-là ? Nul ne le saurait jamais

CHALEURS

Elle poussa un soupir d'aise en refermant la porte de son nouvel appartement. Elle était chez elle.

Comme il lui était étrange de se retrouver seule après sept ans de vie commune avec Nils...

Fort heureusement, ils restaient bons amis, c'est pourquoi il l'avait aidée à emménager ici. Pas de cris, pas de heurts entre eux, un jour, ils avaient constaté que leur amour avait disparu. Comme ça.

Il restait des cartons à défaire, mais le petit appartement serait vite meublé et décoré à son goût. Elle allait profiter de ses vacances pour tout installer. Seule, parce que ses amis étaient tous en congé. Mais cela ne la dérangeait pas, au contraire. Le seul hic, c'était la chaleur caniculaire qui régnait en ce mois d'août et elle n'avait même pas de ventilateur.

Elle avait trouvé à louer ce logement récent dans un quartier « bobo » de la ville. Un immeuble de cinq étages rutilant de verre et de bois, un délire d'architecte. Il se trouvait à côté de son travail et de toutes les commodités urbaines, commerces, arrêt de bus, tram et métro. Tout près du centre-ville. Nils avait gardé la voiture, elle, le chat Minouche. Ils avaient fait le partage de leurs affaires sereinement. En personnes raisonnables qu'ils étaient tous deux. Sans doute aussi parce qu'il n'y avait pas d'enfant à la clé.

– Tu vas être bien ici, lui avait-il dit. Au quatrième étage, la vue de la ville est vraiment belle.

- Oui.

- Les autres locataires semblent sympas...

– Tu penses à l'hypnothérapeute du premier ? Ou à l'avocate du second ? lui avait-elle répondu, ironique.

Il avait ri comme il le faisait toujours avant.

– Trop tard pour être jalouse Léa ! Par contre, je trouve qu'il y a des odeurs d'égout dans les escaliers. Pas toi ?

– Oui j'ai constaté aussi, admit-elle en faisant la moue. C'est sans doute dû à la canicule, non ?

Puis Nils était parti, la laissant déballer ses affaires et arranger sa nouvelle vie.

Minouche tournait dans la pièce en miaulant tristement.

– Ho ça va Minouche ! Tu vas t'y faire toi aussi ! Regarde : le balcon t'attend ! Tu pourras compter les voitures si tu veux !

Elle ouvrit légèrement la baie vitrée, de façon que le chat passe, pour ne pas faire rentrer trop d'air chaud.

Pour se donner du courage, elle alluma la radio, puis commença à ouvrir les cartons.

« Les titres : alerte enlèvement, un enfant de 6 ans a disparu alors qu'il jouait dans un parc. Nouveau scandale financier : des millions d'euros volatilisés. Attention aux températures caniculaires. »

Léa n'écoutait pas vraiment les nouvelles, concentrée sur ses rangements. En ne se relâchant pas, elle n'en aurait pas pour longtemps et elle pourrait donc s'occuper de la déco avant de reprendre son travail.

Son voisin, ou sa voisine du dessus devait certainement emménager aussi car elle entendait des bruits de meubles déplacés, grincements et coups portés sur les cloisons.

Elle rangea et tria ainsi pendant plusieurs heures, rythmées par les flashs d'infos et des chansons intercalées. Elle sourit en regardant Minouche dormir profondément à l'ombre de la petite table du balcon, assommé de chaleur. Quand elle fut complètement en nage et saturée de rangement, elle prit une douche rapide avant d'aller acheter un ventilateur.

Elle ouvrit sa porte et une odeur âcre saisit ses narines.

« Les égouts puent de plus en plus. Il faudra que je demande si quelqu'un s'en occupe à la concierge, pensa-t-elle »

Dans l'ascenseur cela sentait moins, c'était supportable.

Au rez-de-chaussée la concierge était là avec deux personnes qui l'assaillaient de questions concernant l'odeur pestilentielle.

18

– Bonjour. Vous êtes Mademoiselle Chapuis, lui demanda-t-elle aimable.

– Oui c'est moi. Bonjour Madame Martin.

– Votre installation se passe bien ?

– Oui. Merci. Je suis comme tous ici, répondit Léa, j'aimerais savoir quand cette odeur va disparaître. Avec la chaleur, c'est insupportable. Heureusement qu'elle se cantonne aux parties communes.

- Chère petite, comme je viens de le dire à Monsieur et Madame Lombard, nous sommes en août, et la société chargée de l'entretien tourne au minimum d'employés. Il nous faudra attendre un peu. Cela doit venir des évacuations. Avec la sécheresse...

- Heureusement, nous, nous partons en vacances, lança l'homme visiblement agacé en ouvrant la porte vitrée donnant sur la rue, ce qui fit rentrer une bouffée d'air chaud à l'intérieur.

– Vous avez noté que vous disposez d'un tableau pour mettre des annonces. Cela peut être bien utile, poursuivit la concierge à l'adresse de la jeune femme.

– Oui, je vois, répondit Léa poliment.

Et elle sortit aussi dans la fournaise estivale, non sans avoir jeté un coup d'œil audit tableau où informations, invitations et publicités s'entassaient en un pèle mêle hétéroclite. Il y avait même des avis de recherche.

Quand elle revint plus tard, encombrée d'un gros paquet, elle transpirait abondamment mais gardait le sourire car son appartement serait bientôt plus respirable grâce à ça.

La concierge était en pleine discussion avec une autre dame et lorsque Léa rentra dans l'ascenseur surchauffé, elle entendit clairement :

– Rendez-vous compte Madame Kurta, l'enfant a été enlevé à deux pas d'ici, au parc Richelieu ! C'est terrible. Pauvre enfant ! Pauvres parents !

– Quelle époque Madame Martin ! Quelle époque ! Tout va de travers Madame Martin ! Tout disparaît : la bonne éducation, le bon sens... Enlever un enfant ! Ces pervers n'ont plus peur de rien ! Et cette chaleur ! On n'a jamais eu aussi chaud ! Et cette puanteur ! Tout va de travers, je vous le dis Madame Martin. Tout va de travers !

Léa se dépêcha d'ouvrir la porte de son appartement pour échapper à l'odeur fétide qui stagnait dans le couloir. Minouche l'accueillit avec le miaulement du chat affamé.

– Attends un peu que je mette ce truc en marche, lui dit-elle.

Quelques minutes après, le ventilateur brassait l'air chaud de la pièce.

Le lendemain, Léa se leva nauséeuse. La nuit avait à peine fait baisser le thermomètre. Mais c'était surtout les odeurs d'égout qui envahissaient maintenant l'appartement qui l'écœuraient.

– Génial Minouche ! On va s'asphyxier ici ! remarqua-t-elle ironique.

Elle reprit malgré tout son rangement, volets mi-clos et fenêtres fermées, au rythme du ventilateur et de la radio.

« Toujours pas de nouvelles du petit Adam, 6 ans, disparu dans un parc. Les recherches s'intensifient. Le gouvernement secoué par le scandale financier. Où sont les millions ? On attend des démissions. Épisode caniculaire : prenez vos précautions. »

Dans l'appartement du dessus, on devait encore déplacer des meubles, à en juger par les grincements entendus.

À midi, elle avait quasiment fini son tri et c'était tant mieux car elle allait s'octroyer une après-midi de baignade à la piscine municipale pour se rafraîchir et fuir les émanations putrides de l'immeuble.

Seul Minouche supportait tout ça stoïquement, en bon chat des villes, vautré sur le canapé.

Malheureusement, elle n'était pas la seule à avoir eu cette idée ce qui fait qu'elle fut refoulée :

– Nous ne pouvons pas accepter plus de monde pour l'instant. Par souci de sécurité. Revenez plus tard. Désolé.

Elle décida alors de profiter de la climatisation des galeries marchandes de la ville. Les allées bruissaient d'annonces diverses, de chansons obsédantes. Léa lu distraitement les gros titres des journaux :

« Avez-vous vu cet enfant ? Adam 6 ans disparu hier est recherché activement par la gendarmerie et des associations d'aide à l'enfance. Scandale financier : va-t-on vers un remaniement ministériel ? La canicule responsable de la disparition de milliers de personnes âgées. »

Elle rentra chez elle avec des décorations pour son appartement. Devant l'entrée de son immeuble elle vit un attroupement de personnes en gilet fluo qui distribuaient un papier à tous les passants. C'était la photo d'Adam.

– Tenez Mademoiselle, si vous avez le moindre renseignement à fournir à la gendarmerie, n'hésitez pas. Adam a disparu à quelques mètres d'ici seulement.

– Oui bien sûr, répondit-elle.

Elle tenait la photo du petit garçon dans les mains et la regardait intensément. L'avait-elle croisé ?

Avait-elle remarqué un enfant blond aux yeux bleus ?

Non. Elle était trop préoccupée par son emménagement ici.

– La société chargée de l'entretien nous envoie enfin quelqu'un demain Mademoiselle Chapuis, lui lança la concierge.

– C'est une bonne nouvelle ! lui répondit Léa en forçant son sourire.

– Vous aussi vous sentez l'odeur épouvantable chez vous ?

– Malheureusement oui. J'ai hâte d'être à demain.

Et elle s'engouffra dans l'ascenseur. Quand elle en sortit elle eut un haut-le-cœur dû à l'odeur nauséabonde qui régnait dans le couloir.

Chez elle, elle prit une douche et ensuite commença à arranger joliment les bibelots de décorations dans les pièces. Minouche s'agitait pour avoir sa pâtée.

– Voilà, voilà ! Son Altesse Minouche est servie !

À cet instant, on frappa à la porte :

– Oui ? demanda-t-elle croyant que c'était la concierge.

Mais c'était une jeune fille très pâle qui lui répondit, d'un ton agressif :

– Vous êtes bien Mademoiselle Thomas ?

- Non, répondit Léa en entrouvrant un peu plus sa porte. Vous êtes au numéro 43.

– Pardon, je croyais être au numéro 53, s'excusa-t-elle.

- C'est l'appartement juste au-dessus du mien.

- J'ai essayé de lui téléphoner, sans réponse... Elle est absente ? En vacances ?

- Je n'ai emménagé qu'hier mais je pense qu'il y a quelqu'un chez elle.

– Vous l'avez entendue ? s'étonna son interlocutrice.

– Oui.

– Donc, elle est bien chez elle. Merci.

Le visage soudainement durci, la jeune fille se retourna prestement vers l'ascenseur.

Léa referma sa porte avec soulagement car les odeurs d'égout semblaient amplifiées.

Ce n'est que quelques minutes plus tard qu'elle se rendit compte de l'absence de Minouche.

Il n'était nulle part dans l'appartement. Elle le retourna entièrement. Regarda dans toutes les cachettes imaginables par un animal de compagnie. Il n'avait pas pu sauter ou tomber du quatrième étage. Non.

Le chat avait dû se faufiler entre ses jambes quand elle avait ouvert la porte. Des sueurs froides désagréables coulèrent dans son dos. Un sentiment de panique inexpliqué la saisit.

Elle l'appela dans le couloir :

– Minouche ! Minouche !

Elle ne voyait aucun recoin où il aurait pu se cacher.

Curieusement, l'angoisse anesthésiait son odorat et elle put ainsi inspecter tout l'étage sans être prise de nausées.

– Que se passe-t-il Mademoiselle ? lui demanda une vieille dame, ouvrant sa porte.

– Je cherche mon chat.

– Votre chat a disparu ?

– Oui. Il est noir avec une tache blanche sous le cou, lui répondit-elle d'une voix atone.

– Dites-le à Madame Martin, la concierge. La porte d'entrée étant sécurisée, il ne peut pas sortir dans la rue. Mais il ne doit pas être bien loin.

– Merci, lui répondit Léa, vaguement rassurée.

Elle commençait à avoir du mal à respirer.

- C'est quand même curieux toutes ses disparitions, dit la vieille dame.

– Quoi ?

– Le petit Adam, votre chat et le père de la jeune fille.

– Quelle jeune fille ?

– Elle cherchait le numéro 53, Mademoiselle Thomas...

– Elle s'est trompée de porte et c'est là que Minouche s'est échappé.

– Je l'ai vue et je lui ai parlé. Son père avait rendez-vous avec la locataire du 53 il y a quelques jours et depuis, il ne donne plus signe de vie. C'est elle qui a mis l'avis de recherche en bas.

Léa, le souffle court, allait lui répondre quand un hurlement strident les fit sursauter toutes deux.

– Dites-moi où il est ! Je vais appeler la police !

– Laissez-moi tranquille !

- Je ne partirai pas ! Au secours ! Appeler la police !

Les cris venaient de l'étage du dessus.

D'abord tétanisées les deux femmes reprirent leurs esprits :

– Il faudra effectivement appeler les secours si cela ne s'arrête pas, dit calmement la vieille dame.

Maintenant, on entendait des coups portés sur la porte et dans les murs. Les hurlements redoublaient. Plusieurs locataires sortirent dans le couloir :

- J'ai appelé la police, fit l'un d'eux.

- Arrêtez-vous ! Vous êtes folle ou quoi ?

D'autres personnes à l'étage du dessus tentaient de raisonner la jeune fille... Mais apparemment sans succès.

– Appelez la police !

- C'est fait Mademoiselle, calmez-vous.

- Je me calmerai quand elle sera là.

Durant ces altercations, Léa suffoquait, ne pensant qu'à son chat. Elle ouvrit la porte pour descendre par l'escalier quand elle reçut brutalement Minouche dans les bras. L'air pénétra dans ses poumons d'un seul coup, alors qu'elle étreignait le petit félin.

– Je viens de le retrouver Madame, dit-elle en retournant vivement chez elle.

– Tout s'arrange vous voyez, souligna la vieille dame.

Léa poussa un soupir de soulagement en pénétrant dans son appartement.

La chaleur, l'odeur nauséabonde, les cris : Léa s'en moquait bien, Minouche était là et c'est tout ce qui comptait. Elle se promit de ne plus ouvrir sa porte sans précaution.

Quelques minutes plus tard, elle vit les gyrophares de la police et ceux des pompiers en bas de son immeuble. Elle entendit les vociférations de la jeune fille et de la locataire du 53 mêlés aux paroles fortes des officiers. Plusieurs personnes marchaient lourdement, tiraient des meubles dans l'appartement du haut, elle était juste en dessous, aux premières loges.

Minouche tremblait dans les bras de sa maîtresse.

– Ne t'en fais pas, lui dit-elle. Bientôt, tout sera fini et on retrouvera notre tranquillité.

D'autres véhicules arrivèrent et stationnèrent longuement sur le parking, ceux du Samu et de la police judiciaire.

Le vacarme continua, s'amplifia même jusqu'au milieu de la nuit.

Léa sombra malgré tout dans un sommeil moite et agité.

Le lendemain, elle s'éveilla avec un sentiment bizarre. Comme un manque. Grâce à une petite brise, il faisait moins chaud. L'odeur pestilentielle avait quasiment disparu.

Elle ouvrit ses volets et décida de prendre son petit-déjeuner sur son petit balcon ensoleillé, accompagnée par Minouche et par les nouvelles distillées par la radio :

« Les titres : soulagement, le petit Adam retrouvé vivant chez une femme en mal d'enfant. Scandale financier : le premier Ministre démissionne. Découverte macabre dans un immeuble du centre-ville, le corps d'un homme disparu depuis plusieurs jours a été retrouvé en état de décomposition avancée dans une malle. Ce serait sa petite amie qu'il voulait quitter qui l'aurait tué. Fin du phénomène caniculaire : retour des températures normales. On va de nouveau pouvoir respirer. »

DÉLIVRANCE

Galaxie du Centaure, sur l'exo planète Cilane, plus communément appelée « le grenier de la galaxie » en raison de sa vocation uniquement agricole. Sous son ciel violet, ses immenses champs de céréales s'étendaient à perte de vue avec ici ou là une ou deux grandes bâtisses regroupant les Nouveaux Colons. La vie sur cette nouvelle Terre peu peuplée n'était que travail au rythme des saisons, à la sueur des fronts humains et des schémas informatiques des robots régisseurs.

Le Gouvernement Central favorisait l'installation de ces aventuriers de l'agriculture en leur fournissant tout le matériel et toute l'aide demandée. Il y avait tant de bouches à nourrir sur l'ex-planète bleue devenue grise. Tant de bouches et si peu de terres fertiles, aussi fallait-il tout faire pour que Cilane attire et retienne une petite population. Tout faire. Tout admettre aussi même renier des préceptes humains inaliénables. C'est ainsi qu'il existait sur Cilane la Paisible une nouvelle forme d'esclavage par l'exploitation éhontée d'enfants terriens arrachés à leur famille. Les autorités les parachutaient au gré des demandes des Colons. Sans réelle surveillance, tout pouvait arriver sur cette planète éloignée de tout.

Yol était un de ces enfants, fluet garçonnet brun aux yeux vert pâle. Au service du couple Bésade, il trimait du matin au soir, avec d'autres, en échange du gîte et du couvert. Il n'avait que neuf ans quand des soldats l'avaient enlevé à ses parents et aussitôt mis dans une navette spatiale en partance pour Cilane. Il en avait douze à présent, ses larmes avaient séché, son corps s'était durci, son âme s'était aguerrie. Une douzaine d'enfants travaillaient ainsi à l'exploitation, aux champs comme aux soins des bêtes. Les Bésade veillaient à ce que les enfants soient bien nourris et en bonne santé pour un plus grand rendement. Ils travaillaient dur eux aussi et ne comprenaient pas l'hostilité de certains terriens envers cette pratique très courante sur Cilane. Protégés par la distance et aussi par la demande énorme, les agriculteurs n'avaient guère de soucis à se faire : ils pourraient encore longtemps « employer » des enfants gratuitement. Pour les aider à diriger tout ce petit monde, quatre adultes rémunérés complétaient le tableau.

Yol travaillait aux champs, sous les ordres de Sian. Tous deux parcouraient les immensités cultivées contrôlées par les robots optimiseurs. Les cycles des saisons étant plus courts sur la planète, les rotations des cultures s'enchaînaient sans pause. Toute la galaxie avait faim et ici poussaient dans de la bonne terre (et non pas hors sol comme sur toutes les autres planètes exsangues) toutes sortes de céréales. Cilane répartissait ses abondantes récoltes sur toutes les planètes demandeuses.

Les journées de Yol étaient bien chargées, beaucoup de route à faire chaque jour pour vérifier que tous les systèmes fonctionnaient. Beaucoup de choses à vérifier. Beaucoup à réparer aussi. Malgré l'ampleur de la tâche, Yol aimait ces longues et harassantes journées loin de la maison Bésade. Loin de Madame Bésade surtout, cette femme autoritaire et dure n'aimait pas ce maigre garçon trop rêveur à son goût. Elle n'aimait personne en réalité, mais passait ses nerfs sur ses jeunes recrues. Elle prenait un plaisir sadique à humilier l'un ou l'autre des enfants, coups de baguette sur les mains, dispense de repas, pompes interminables, nettoyage systématique des réfectoires... son imagination cruelle n'avait pas de bornes. D'autant plus qu'aucun adulte n'osait s'opposer à elle. Yol avait un secret pour tenir le coup, il invoquait le ciel en silence pour l'aider à partir un jour d'ici. Sur Terre on appelait ça autrefois « prier ».

La navette de l'éclaireur Sim450 venait d'entrer dans l'atmosphère de Cilane la Paisible brutalement. Mais au lieu de poursuivre son vol comme prévu, elle effectua des zigzags dangereux pour finir sa course près d'un hangar. Le pilote n'eut pas le temps de faire quoi que ce soit. Il fut assommé sous le choc violent. La nuit noire demeura immobile et silencieuse.

Quand il était à la maison, Yol, se faisait plus petit qu'il n'était pour ne pas donner une occasion à Madame Bésade de s'en prendre à lui. De tous les enfants, il restait le plus mutique. Ruminant sans cesse ses pensées. C'était sa façon de se soustraire à tous les mauvais traitements subis. Il faisait partie des plus grands maintenant et souvent, il consolait les plus jeunes, essayait de leur redonner un maigre sourire. Quand tous dormaient dans le dortoir, harassés par leur longue journée de travail, il se levait sans bruit, dans le noir, aussi silencieux qu'un chat, pour regarder l'immensité de la nuit Cilanienne. Les étoiles y brillaient comme des millions de petits diamants roses. Sa « prière », s'adressait à quelque chose derrière elles. Il pressentait comme une force capable de le sortir de sa situation. Cette nuit-là, il vit une boule de feu tomber vers le hangar au bout du premier champ, puis plus rien. La nuit redevient noire et vide. Dévoré de curiosité, il mit un oreiller dans son lit pour tromper l'adulte qui ferait la ronde habituelle de minuit, prit une lampe de poche, son petit sac à dos de travail et ouvrit sans bruit la fenêtre avant de s'élancer dehors. Il connaissait parfaitement l'exploitation et savait pertinemment où chercher la boule de feu. Il rampa jusqu'à la première barrière pour éviter les caméras de surveillance. Derrière lui, dans l'habitation des Bésade, il entendit parler et rire, ce qui lui donna la nausée. Bien vite il arriva hors de leur vue pour pouvoir courir jusqu'au bout du champ, éclairé par les deux lunes satellites de Cilane. Quand il atteint son but, il vit l'engin spatial à moitié enfoncé dans le sol. Son cœur battait à lui faire mal. Était-ce la réponse à toutes ses demandes ? Couchée sur le côté, la navette ressemblait à une grosse boîte de ferraille inerte. Yol en fit le tour en la touchant prudemment, elle était encore chaude. Puis, à deux mètres, il aperçut la créature. Elle gémissait. L'enfant n'eut qu'un bref instant d'hésitation, puis calcula, soupesa, extrapola à une vitesse inégalée. Il tira la créature de toutes ses forces, elle n'était pas très lourde heureusement, jusqu'au hangar. Il l'installa dans son placard à outils :

– Je suis un ami. Tu vas rester ici le temps de te remettre. Je reviendrai la nuit prochaine pour t'aider et te nourrir. Tu comprends ?

La créature essaya de parler sans y réussir. Yol essuya du liquide vert, qu'il supposa être son sang, qui suintait de son corps. Il fit des sortes de compresses avec des vêtements de travail qu'il déchira. Il lui donna sa gourde remplie d'eau et un morceau de pain.

– Je vais mettre ton engin à l'abri. Je reviens cette nuit.

Il poussa la porte du placard qu'il ferma à clé. C'était le sien et normalement, personne n'irait y mettre son nez. Il tira la navette avec le petit tracteur qu'il avait l'habitude de manipuler. Il reboucha tant bien que mal le trou que celle-ci avait laissé dans le champ. Il la cacha derrière des meules de paille destinées aux animaux de l'exploitation. Il savait que les dernières meules ne seraient jamais utilisées.

Sim450 inspecta son petit refuge. L'enfant l'avait déposé sur un tas de vieux vêtements et de paille, derrière lui pendaient des outils et du petit matériel agricole. Il n'était pas grièvement blessé, mais fortement engourdi par la douleur. Son traducteur automatique ne fonctionnait plus mais tout ceci se remettrait en service dès qu'il pourrait remonter dans sa navette. Il avait conservé son boîtier de liaison c'était le principal. L'aide inattendue du jeune garçon lui permettrait de ne pas compromettre toute sa mission. Il s'endormit.

Yol rentra dans le dortoir aussi silencieusement qu'il en était sorti. Tous dormaient. Il se glissa dans son lit le cœur battant de plus belle. Fixant le plafond, incapable de se rendormir, il contenait difficilement son euphorie. Des images, des projets, des rêves fabuleux s'entrechoquaient dans sa tête. Les adultes dormaient dans leurs quartiers sans se douter de quoi que ce soit. C'était la réponse du ciel à ses prières, il en était persuadé. Il lui fallait échafauder des plans pour ramener de la nourriture et des soins à la créature sans éveiller l'attention. Quand vint l'aube, Yol se leva avant l'appel quotidien et fila directement au réfectoire, avec un peu de chance, il pourrait glaner ici ou là quelque chose à manger pour l'hôte de son placard à outils. Il tremblait d'impatience mais arrivait à se contrôler malgré son esprit en ébullition. Nul parmi ses camarades ni parmi les adultes ne vit le moindre changement sur ses traits ou dans ses gestes. Yol exultait dans son for intérieur mais rien n'apparaissait à la surface. La journée s'étira longuement pour lui. Quand vint enfin le moment de passer au dortoir, ses petits camarades furent étonnés de le voir se mettre au lit sans rechigner comme à son habitude. Dès l'extinction des feux, Yol attendit que tous fussent endormis pour reprendre le chemin de la veille dans le noir. Dans son sac à dos, il transportait outre un peu de matériel, des vêtements usagés, de la nourriture et une nouvelle gourde d'eau. Il rampa de nouveau jusqu'à atteindre la limite du premier champ, là où le regard des adultes ne portait plus. Il courut jusqu'au hangar, puis, fébrile, il déverrouilla le petit cadenas de son placard à outils.

Sim450 sortit de sa somnolence quand l'enfant ouvrit la porte. Il se redressa. L'enfant lui tendit de la nourriture et de l'eau. Il ne comprenait toujours pas ce qu'il lui disait, son traducteur étant toujours hors service. La journée de repos lui avait fait du bien, il sentait ses forces revenir. Bientôt, il pourrait retourner dans sa navette et tout réactiver.

– Je suis un ami. Tu vas un peu mieux ? Regarde, je t'ai amené à boire et à manger.

Yol parlait à la créature de façon naturelle sans être effrayé par son apparence. Il était heureux de constater que son état s'était un peu amélioré depuis la veille. En les nettoyant sommairement, il constata que ses plaies s'étaient déjà refermées. Peu importe qu'elle ne lui réponde pas. Yol restait persuadé qu'elle représentait sa liberté. Mais avant cela, il fallait qu'elle retrouve toutes ses capacités. Il lui fallait encore un peu de temps. Le jeune garçon envisageait encore un ou deux jours de repos avant que la créature ne soit en mesure de se relever. D'ailleurs, il le faudrait car il craignait que son placard ne soit visité par les adultes. La situation à la maison devenait de plus en plus tendue. Madame Bésade s'en prenant aux enfants sans aucune retenue, Yol avait du mal à contenir sa rage. Il devait faire preuve de patience. Quand il revint à la maison, Il se recoucha sans bruit dans le noir comme la nuit précédente.

Le lendemain, il effectua ses corvées sans un mot comme à son habitude, répondant par des monosyllabes aux ordres de Sian. Serrant les dents sous l'effort, ne pensant qu'à son escapade nocturne, l'enfant bouillait d'impatience intérieurement.

Vers minuit, il reprit le chemin du hangar au bout du premier champ en prenant mille précautions. Bizarrement, il sentait une inquiétude l'oppresser alors que tout paraissait calme. Quand il eut ouvert la porte de son placard, la créature l'attendait debout sur ses tentacules.

C'est à ce moment-là, que, surgissant de nulle part, le couple Bésade et ses employés, éclairés de lampes surpuissantes, armés de fusils, hurlèrent :

– Sors d'ici sale monstre !

– Putain de monstre ! Avance dans la lumière !

- C'est un éclaireur !

- Un putain de Siméin !

Frappé violemment à la tête par-derrière, Yol assista à la scène, le visage en sang contre le sol. Cela ne dura que quelques secondes, les six adultes furent terrassés par une décharge électrique aussi forte qu'inattendue lancée par un des tentacules de la créature.

Sim450 devait retourner dans sa navette. L'enfant n'étant que superficiellement blessé se releva et le conduisit à son appareil. Là, il remit en service son traducteur automatique pour lui :

– Merci mon ami. Adieu ! lui dit-il d'une voix gutturale venue d'une de ses tentacules.

Puis il inséra le boîtier de liaison à l'intérieur de la capsule. Des petits bruits mêlés à de vives lumières de toutes les couleurs enveloppèrent l'engin. Sim450 s'installa aux commandes, verrouilla le hublot et décolla dans le ciel noir de Cilane.

Outrageusement heureux et reconnaissant Yol lui fit un signe de la main dans la nuit avant de courir en direction de la maison pour réveiller les enfants.

DERNIÈRE RENCONTRE

Elle avait réussi à se sortir de son immeuble effondré. Comment ? Elle ne se souvenait plus. Le chien marchait à ses côtés, elle sentait son flanc chaud sur sa cuisse nue, ça la rassurait. La ville avait disparu et n'était plus que tas de gravats, monticules de pierres, débris de toutes sortes. Elle ne reconnaissait plus rien. Elle essuya son visage ensanglanté de sa main, il était poisseux et sa blessure sur le front lui faisait mal. Le chien la regarda d'un air interrogateur. C'est à ce moment-là qu'elle recouvra l'usage de son ouïe : des sons terribles pénétrèrent dans sa tête à la rendre folle. Des sirènes hurlaient. Des gens hurlaient. La ville s'écroulait avec des bruits de craquements d'os. Des geysers de feu sortaient des décombres embrasant tout ce qui restait debout. D'épaisses fumées âcres tournoyaient dans l'air, piquant violemment les yeux. Elle s'assit par terre, ferma les paupières et se boucha les oreilles.

– Assez ! cria – t-elle à la manière d'une bête blessée.

Elle sentit la truffe humide du chien sur ses genoux.

– Toi aussi tu as tout perdu ? lui dit-elle en sanglotant.

Autour d'eux des murs tombaient, des gens fuyaient, pleuraient, ensanglantés, les vêtements en lambeaux. Que s'était-il passé ?

– Levez-vous mademoiselle, lui dit une femme, il faut quitter la ville avant les retombées.

– Les retombées ?

– Les poussières toxiques vont retomber, autant être le plus loin possible de la ville.

Elle se releva avec précaution. Voyant ça, son interlocutrice reprit sa marche rapide dans le flot hagard et dépenaillé qui sortait des ruines. Elle hésita un instant, un court instant, laissait-elle quelqu'un sous l'amas de pierres qu'était devenu son immeuble ? Sa mémoire bloquait encore. Ses seuls souvenirs étant ceux de sa sortie de cet enchevêtrement de plaques de ciment brisées. Mécaniquement, une de ses jambes s'avança, suivit par l'autre. C'est ainsi qu'elle rejoignit les survivants, le chien toujours à ses côtés. Elle marcha, marcha encore comme tous ses compagnons d'infortune, pour échapper au pire. La tête vide, encore en pleine sidération, elle avançait sans réfléchir. Autour d'elle, des gens parlaient un peu. C'est ainsi qu'elle apprit qu'il y avait eu une déflagration avant que tout s'écroule. Elle tenta de se remémorer cet instant crucial sans y parvenir. Le chien la regardait parfois d'un air inquiet.

– On se connaît tous les deux ? demanda-t-elle en lui caressant la tête.

Des bribes de mémoire lui revinrent curieusement à cet instant. Son compagnon, son appartement, son travail, sa vie lui revint sous forme d'un puzzle épars. Tout en continuant à marcher au même rythme que la foule, elle remit de l'ordre dans ses pensées. Elle s'appelait Lina Corp, professeur de français, son compagnon Arty, n'était pas sur place au moment des faits. Il était... elle se concentra douloureusement pour retrouver l'information. Il se reposait chez sa sœur à la campagne après un accident de voiture. Elle s'en souvenait maintenant et cela la soulageait. Dès qu'elle aurait rejoint la sortie de la ville, qu'elle serait en présence des autorités, elle demanderait à lui téléphoner. Cela pourra être possible elle n'en doutait pas. Malgré ses douleurs, cette idée lui rendait la marche plus légère. Elle appellerait Arty pour le rassurer. Au fur et à mesure de la longue marche pour sortir de l'enfer des nuages de poussières opaques et irrespirables, des souvenirs précis lui revenaient en tête. Une bombe, une énorme bombe avait fait autant de dégâts... Une bombe nucléaire ? Il fallait s'extirper d'ici à tout prix. La foule, dépenaillée, ensanglantée et apeurée, n'avait aussi que cette idée fixe : fuir. Quitter ce lieu mortifère en se frayant un chemin parmi les cadavres, les ruines et les hurlements. Tous les transports étant impossibles dans une ville bombardée, il ne fallait compter que sur ses jambes. Des tuyaux de gaz éclataient, des murs tombaient, d'autres bombes explosaient plus loin dans la ville. Des enfants pleuraient sur les corps de leurs parents, des gens appelaient à l'aide sans succès, chacun ne pensant qu'à sa propre survie. Certains pouvaient encore capter du réseau sur le téléphone portable et donnaient des informations par bribes. Lina écoutait la moindre parole, le chien à ses côtés. La bombe n'était pas nucléaire, mais sa puissance dépassait de loin tout ce qui était connu à présent. Les bombes répliques tombées presque aussitôt avaient fini par détruire totalement la ville. Tout ou presque était désorganisé, les secours peinaient à venir sur place, n'ayant plus de véhicules, les autorités ne pouvaient pas utiliser les réseaux téléphoniques normaux car tous les centres déterminants avaient souffert. Personne ne savait d'où venait l'attaque. Des hypothèses parcouraient la foule anxieuse et affaiblie. Quel pays avait pu délibérément lancer des bombes sur Tabatian, capitale jusque-là tranquille de la Circousie orientale ? Des rumeurs les plus folles couraient parmi les rescapés cherchant à fuir la ville dévastée. Lina ne pensait qu'à Arty. Elle marchait au rythme de cette foule cruellement sommée de s'échapper pour survivre. Malgré ses douleurs, malgré sa peur aussi. Les bombes ne tombaient plus, elles avaient fait d'énormes dégâts... Une odeur bizarre flottait dans l'air. Était-ce le gaz de ville qui se répandait ou l'odeur de la pierre broyée ? La gorge et les yeux les piquaient fortement. Curieusement, les sirènes s'étaient tues depuis qu'ils se rapprochaient de la sortie de la ville. Lina marcha sans notion de temps avec tous ces gens, ses semblables. Elle marcha jusqu'à arriver à la limite de la ville avec soulagement. Derrière elle, la ville bombardée se noyait dans d'épaisses fumées. Le chien toujours à ses côtés ne l'avait pas lâchée durant ce difficile trajet. Déjà, la pénombre engloutissait le paysage, le soir les accueillait, mais pas les secours comme ils l'espéraient tous. La foule désemparée tentait d'obtenir des informations via les téléphones portables encore en charge. Les enfants pleuraient d'épuisement. L'angoisse montait à mesure que le soir descendait sur les rescapés, entre deux quintes de toux :

– Allo ? Allo ? Répondez !

Serrée contre le chien impassible, Lina tentait elle aussi de ne pas paniquer. Mais ce n'était pas simple, d'entendre les appels désespérés de ses compagnons d'infortune restés sans réponse. Quand la nuit fut complètement installée, ils se rendirent compte du silence total les enveloppant, à quelques kilomètres de la capitale bombardée, plus aucun signe de vie sonore, plus aucune lumière, plus aucun mouvement. Au loin Tabatian brûlait sans qu'aucune sirène ne retentisse. À croire qu'ils étaient seuls au monde. Malgré l'angoisse qui les étreignait, des groupes se formèrent, ceux qui voulaient aller dans la prochaine ville, ceux qui voulaient rester à attendre de probables secours. Lina hésita un instant, sa plaie continuait de saigner, elle avait du mal à marcher, elle toussait beaucoup, elle se sentait si faible qu'elle ne s'imaginait pas parcourir encore des kilomètres dans le noir. Assise par terre, le chien contre ses genoux, elle regarda le groupe des plus courageux partir. Bien vite, ceux qui restèrent se regroupèrent instinctivement autour d'un feu. Serrée contre la chaleur du chien qui ne la lâchait pas, Lina sentit son corps s'engourdir et une irrépressible et incompréhensible envie de dormir la saisir violemment. Elle n'était pas seule, elle entendait les voix, les pleurs et les quintes de toux de ses compagnons d'infortune. Elle sombra sans résistance.

Les aboiements furieux du chien la réveillèrent. Elle ouvrit les yeux et terrifiée constata que tous autour d'elle, hommes, femmes, enfants ne bougeaient plus. Couchés ou assis, ils semblaient dormir. Elle cria :

- Au secours ! Levez-vous ! Au secours !

Mais seul le silence lui revint cruellement en écho. Lina toussa violemment et laissa des larmes couler sur ses joues maculées de sang séché. Le chien redevenu muet posait sur elle un regard suppliant. Elle passa sa main sale sur sa tête. Soudain, il aboya de nouveau, une petite fille marchant parmi les cadavres venait à eux.

- Arrête-toi le chien ! C'est une gosse !

Mais le chien grondait en montrant ses crocs à l'enfant qui approchait. C'était une enfant blonde aux yeux bleus, au teint pâle. Elle portait une jolie robe rose.

– Ils sont tous morts, dit-elle d'une voix douce.

– Oui. Où sont tes parents ? Tais-toi le chien !

Lina essaya de secouer l'animal qui la collait et qui se montrait agressif envers la petite. Celle-ci ne semblait pas apeurée :

– Pourquoi es-tu encore là ? demanda-t-elle.

-J'étais avec tous ces gens, après l'explosion. On espérait les secours.

La petite sourit tristement :

– Toi je sais. Je lui demande à lui.

Elle pointait le chien qui grondait sourdement et qui venait de prendre une position d'attaque. Médusée, Lina ne savait pas quoi dire.

- Va-t'en, continua l'enfant en regardant le chien sévèrement. C'est trop tard et tu le sais.

– Comment tu t'appelles petite ?

Le visage rebondi et frais de la fillette se leva vers elle, Lina vit son regard bleu acier, elle en frissonna et toussa fortement :

- Mon nom ? Lui, il le connaît, dit l'enfant.

Le chien tira sur le pull déchiré de Lina pour l'éloigner.

- Pour toi, je serai Destinée.

- Destinée ?

Lina sentit un grand froid l'envahir. Elle s'écroula aux pieds du chien qui couina aussitôt.

L'enfant s'adressa à lui d'un ton las :

– Pourquoi cette obstination ? Tu sais bien que l'heure c'est l'heure.

Le chien quitta le corps sans vie de Lina et partit au loin comme à regret.

La petite fille lui lança, cassante :

- Dis à ton Maître de cesser ce jeu ! Je gagne toujours.

EFFACEMENT

Saz était en train de déballer ses courses sur la caisse de sa petite épicerie de quartier quand soudain il fut attiré par quelque chose d'étrange : il ne voyait plus le bout de son petit doigt gauche. Il avait toujours son ongle, mais il manquait une partie de la phalange. Il sursauta brutalement et son sang reflua au profond de son être. La caissière inquiète l'interpella :

– Tout va bien Monsieur ?

– Oui... Oui... Merci, bredouilla-t-il, l'estomac au bord des lèvres.

Il paya ses courses avec son téléphone de poignet et s'enfuit presque du magasin. Son cœur tapait dans sa poitrine à tout rompre. Son cerveau martelait des « Non ! Non ! Non » de façon continu. Il n'avait qu'une hâte, se retrouver chez lui et affronter cette vérité qu'il sentait sourdre insidieusement depuis quelques minutes : il était en train de disparaître.

Il courut sur le tapis-trottoir en bousculant les personnes qui s'y trouvaient. Lui si poli habituellement s'étonnait de sa rage actuelle capable de tous les envoyer paître ailleurs. Quand il pénétra dans son petit appartement il eut du mal à respirer tant l'angoisse l'étreignait. Il ne demanda pas la lumière au robot serviteur. Pas immédiatement. Il lui fallait d'abord récupérer son souffle. Puis il trouva la force de demander :

– Aida, recherche sur internet : disparition.

– Je cherche Saz, répondit la voix métallique.

Bientôt, il vit s'afficher sur son mur-écran tout ce qui pouvait être en lien avec le mot « disparition » mais rien ne correspondait à ce qu'il voulait. Il regardait le moins possible son petit doigt.

– Cherche plutôt « effacement » ou « gommage ».

D'autres informations parcoururent le mur, en long, en large, dans tous sens des lettres, des mots, des titres, des annonces se chevauchaient. Avec la rage du désespéré, Saz tria toutes ces données éparses, respirant à peine. Puis, soudain, il s'arrêta :

- J'ai trouvé Aida ! Syndrome d'effacement : la personne disparaît petit à petit. C'est un tout nouveau syndrome. Il frappe apparemment au hasard. Inéluctablement le corps se dilue dans l'espace. Il n'existe à ce jour aucun remède. Le processus est irréversible. Irréversible !

Il s'effondra sur l'épais tapis tactile du salon, tétanisé, hagard, répétant machinalement « irréversible » sans arrêt. Il n'y avait donc rien à faire. Inutile d'appeler les pompiers ou un médecin.

Aida demanda :

– Tout va bien Saz ?

Le jeune homme reprit le contrôle de son corps. Il se redressa, respira profondément et murmura :

– Tout va bien Aida. Mets-toi en pause.

Une fois que cela fut fait, il s'autorisa à pleurer bruyamment en regardant son petit doigt auquel il manquait deux phalanges maintenant. La vitesse de l'effacement variait d'un individu à l'autre... Pour Saz ce devait être très rapide. Il observa sa main gauche, bientôt incomplète, avec effroi. Physiquement, ce manque ne le faisait pas souffrir. Oui, petit à petit, il s'effaçait, se gommait dans l'air mais sans douleur, sans cri. Oui, c'était ça, il allait bientôt disparaître et rien ne pourrait l'empêcher. Il n'avait personne à prévenir. Cette pensée le consterna bien sûr, cependant, il dut se rendre à l'évidence, sa solitude lui apparaissait nettement.

Combien de temps lui restait-il ? Il chercha dans les documents affichés un indice, sans succès, car cela dépendait de l'individu et de la virulence de l'attaque. Devait-il appeler son employeur ? Et dire : « Allô, je suis en train de disparaître. » Cette idée le secoua d'un rire triste. Il imagina sa cheffe, une femme peu commode, un peu imbue d'elle-même recevant cet appel... Non il ne les préviendrait pas. Ses collègues ? Ses clients ? Ses voisins ? Non plus.

Sa main gauche disparut.

Avec effroi, Saz constata l'avancée terrible de son mal. Des gouttes de sueur perlaient à son front. Il se concentra sur l'instant. Il chercha quelqu'un à avertir. Il n'avait plus de famille, ses parents étant morts dans un accident de la route lorsqu'il commença à travailler. Enfant unique, sans cousins ni cousines, il n'était qu'un être seul. Son âge trente-trois ans, ne lui donnait pas automatiquement un réseau d'amis joyeux idylliques. Saz parlait peu, souriait peu, sortait peu... le genre taiseux qui n'attire personne. De plus, au travail Saz s'impliquait beaucoup, ce qui limitait son temps libre et sa capacité à se faire des relations amicales.

Son bras gauche disparut.

Il avait beau essayer de se concentrer, il en était physiquement incapable, son cerveau s'apparentait à un bloc de pierre. Il voulait comprendre : pourquoi lui ? Qu'avait-il fait pour finir comme ça ? Effacé de la surface de terre sans que personne ne s'en soucie. Gommé. Escamoté. Supprimé. D'ici quelques minutes, vu l'accélération prise, il n'existerait plus. Ce qui le consolait, c'est cette rapidité et aussi cette absence de douleur. « Ça ira vite » pensa-t-il pour se consoler, affalé sur son canapé. En face de lui la grande baie vitrée baignait son salon d'un soleil outrageusement indifférent. Il y vit son reflet.

Le haut de son torse disparut.

Quelle faute avait-il commise pour subir ce châtiment ? Était-ce parce que l'amour, sous toutes ses formes, ne l'attirait pas ? Il se souvint de Tys, une élève de son collège, brune aux yeux bleus, qui le suivait partout avec une dévotion de fidèle esclave dans l'espoir qu'il la remarque un jour. Et puis aussi Ora, une collègue, elle, elle fit des efforts pour attirer son attention. Allant jusqu'à l'inviter pour un dîner à deux. Invitation qu'il déclina bien sûr, prétextant du travail en retard.

Le bas de son torse disparut.

Payait-il tous ces refus ? Refus d'essayer de faire connaissance ? Refus de s'intéresser même un peu aux autres ? Il s'effaçait du monde sans raison. Il aurait voulu une raison.

41

Pourtant, à part cette attitude indifférente et cette courte vie insipide rien ne justifiait ce qui lui arrivait. Assis sur l'épais tapis de son salon, résigné, il attendait que cela cesse.

Sa jambe gauche disparut.

Saz toucha l'endroit où elle devait se situer, mais il ne ressentit rien. Rien. Le vide. Aucune douleur. Sa jambe n'était plus là. Il pensa « C'est peut-être parce que moi-même je suis vide ». Curieusement, il n'avait pas envie de hurler, ni de se plaindre, le premier choc passé et à la vitesse où cela allait, il savait que gémie serait inutile.

Sa jambe droite disparut.

Comment tenait-il assis ? Impossible de le savoir. Il regarda son salon, dont il aimait chaque objet. Avec stupeur, Saz comprit que seules des choses inertes l'interpellaient. Même le robot de service, Aida, qu'il avait choisi sur catalogue avec, disons, passion. C'était ça, il ressentait de l'amour pour toutes ces choses acquises avec son argent, fruit de son travail.

Sa main droite disparut.

Encore quelques minutes et tout serait fini. Après une vie insipide, une fin insipide... Il eut un rire douloureux et grimaçant.

Son bras droit disparut.

Sa tête flottait maintenant dans l'air. Plus pour très longtemps. Il se consola en pensant qu'il disparaissait chez lui, seul, mais au milieu de tout ce qu'il aimait.

La tête de Saz, trente-trois ans, agent bancaire, propriétaire de son logement, disparut.

Le silence emplit pleinement la pièce.

– Enfin ! s'écria l'écrivain. Enfin débarrassé de ce personnage fade et insignifiant !

Et il se mit aussitôt à poser fiévreusement sur le papier l'ébauche d'un nouveau personnage, prometteur et avenant celui-ci, héros d'un roman plein de rebondissements et de sentiments forts.

EXCLUSIVITÉ

Debout Isi ! Debout ! On a un scoop ! Tu pars en reportage le plus tôt possible !

C'est comme ça qu'un petit matin blafard et glauque qu'Isi, journaliste vedette de « Vie Vraie » Sur TV 4655 fut réveillée par son patron Greg via le téléphone – hologramme. Ayant passé la soirée avec l'équipe mondiale de surf qui fêtait sa victoire intergalactique elle n'était pas très fraîche.

– Doucement Greg, j'ai éclusé pas mal de bières d'algues Martiennes hier soir et ma tête est encore pleine des chants paillards des surfeurs. Et puis, tu sais que je pourrais avoir une vie privée ?

Elle s'extirpa doucement de son canapé en pensant que c'était ça la rançon de la gloire : être la vedette d'une télé mondiale et intersidérale et voir le visage rougeaud de son boss en hologramme dès 5 heures du matin.

- Tu n'en as pas ma grande ! Tu es comme moi : mariée à ton job ! Bon, ce matin, dans la Mégapole, on a trouvé un Volant tué d'un coup de couteau. On lui a coupé les ailes !

– Un Volant ? Dans la Mégapole ?

– Parfaitement. Tu imagines le raffut que ça déclenche ? C'est certainement un crime raciste perpétré par les anti-Volants. Même la police galactique ne peut pas pénétrer leur campement. C'est un territoire interdit ! Les politiques sont obligés de réagir. Tous les médias sont sur les dents ! Imagine ! Tous tes chers confrères et chères consœurs ne rêvent que de rentrer dans ce lieu sacré.

– Bien sûr, répondit Isi en se laissant laver et habiller par ses robots domestiques. Tu sais aussi bien que moi que les Volants détestent tout le monde et plus encore les journalistes. Ils vivent reclus et ne sortent jamais, je ne vois pas comment je pourrais faire un reportage pour « Vie Vraie » …

– La cheffe des Volants m'a appelé figure toi ! Elle veut diffuser l'information pour enrayer la spirale de la haine. Tu devras montrer les Volants tels qu'ils sont.

Tout en finissant de se préparer la jeune femme admit :

– Du moment que j'ai Saul en protection et Ira à la technique c'est bon, donne-moi tes tuyaux.

C'est là le hic.

– Quoi ?

– Tu y vas seule. La cheffe Imaéna ne veut que toi.

- Tu veux que j'y aille seule ?

C'est une exclusivité ma grande ! Tu seras en reportage, invitée personnellement par leur cheffe. Il n'y a aucun souci, ne t'en fais pas ! Tu filmeras tout de ta visio-caméra intégrée pour les directs. Le public va adorer ça ! Des meurtres chez les Volants que tout le monde déteste et toi, leur journaliste d'investigation préférée qui va chercher l'information à la source ! On va faire un carton d'audience ! Les sponsors se battent déjà pour des minutes de publicité ! Tu imagines ?

Isi réfléchit rapidement. Ce reportage inédit pourrait la propulser au sommet. Et qui sait peut-être lui valoir le prix Shermann des journalistes intergalactiques.

– Ok, ok Greg, dit-elle en s'engouffrant dans sa voituro-plane conduite par son fidèle androïde Achille, laissant son appartement aux bons soins des robots – nettoyeurs. Je suis prête. Envoie les infos ! J'arrive au bureau !

– Je te reconnais bien là ma puce !

Isi habitait les quartiers plus que chics de la Mégalopole, dans un appartement situé dans une des tours les plus hautes, au deux-cent-vingtième étage. Elle avait une piscine personnelle et un petit coin ombragé d'arbres, entre autres, avec un petit ruisseau et des poissons dedans. Elle aurait pu emménager dans une villa sur le satellite Lune2 en orbite depuis peu ou prendre un appartement équivalent dans une nouvelle colonie interstellaire, mais elle préférait rester sur Terre pour être disponible plus rapidement. Elle adorait son job. L'adrénaline qu'il lui procurait surtout et aussi cette notoriété interplanétaire n'étaient pas sans lui déplaire. C'est grâce à ça qu'elle avait gagné ses galons de « Super Journaliste ». Ses talents se révélèrent la toute première fois lors de l'interview d'un Hidreux sur Andra, une petite colonie aux confins de la galaxie. Un conflit violent opposait la communauté besogneuse des Hidreux à larges tentacules et les colonisateurs humains. Isi convainquit le chef des Hidreux de participer à un face-à-face, mené par elle-même, avec le responsable de la colonie. Cette émission fut regardée par des milliards d'individus dans tout e système solaire et consacra son talent journalistique et conciliateur. Ensuite s'enchaînèrent d'autres moments forts qui fidélisèrent son public : l'interview de la star universelle Pépie, le reportage sur les naufragés du vaisseau Ulysse 4555 ou celui sur les multimilliardaires Séquans, ceux aux branchies faciales, sur Astro 215 et bien d'autres encore. Cette gloire, Isi l'avait acquise à force de travail et d'audace, elle ne s'en excusait pas. Bien calée à l'arrière de son véhicule volant, Isi ouvrit son portable de poignet pour se connecter aux services de TV4655. Greg y avait mis toutes les infos sur les Volants collectées à ce jour. En quelques clics, la jeune femme ingurgita le tout. Il faut dire qu'Isi était une cyborg dernière génération. Elle n'aimait pas qu'on en parle mais quand même, son cerveau possédait une extension qui décuplait sa mémoire, un squelette renforcé et aussi, des caméras implantées dans ses yeux et un micro caché dans sa gorge, ce qui est bien pratique pour une journaliste. Quand elle arriva devant les bureaux de TV4655 elle en savait désormais assez sur les Volants pour pouvoir les interroger sans bafouiller. Et s'il fallait y aller seule, elle irait seule voilà tout. Au moindre doute, elle saurait improviser.

Les Volants étaient des apatrides leur planète ayant été détruite à la suite d'une catastrophe déclenchée par de peu scrupuleux promoteurs terriens. Les produits chimiques amoncelés au cours des décennies avaient eu raison du fragile équilibre de la plus petite planète de cette galaxie. Contre leur volonté ils avaient émigré, s'étaient disséminés partout où l'on voulait bien les accueillir. L'administration terrienne, se sentant responsable de leur malheur les avaient autorisés à s'établir sur des terrains encore viables sur la Terre. Vivant loin des centres urbains, dans des lieux nommés « campements » sans aucune technologie superflue en aide, ils ne se liaient pas facilement, restant de préférence entre eux. Les Volants, des êtres ressemblants aux humains avec de longues ailes noires dans le dos suscitaient la crainte. Pourtant, aucun fait grave n'était à mettre à leur actif. Ils vivaient en marge de la société hyperurbaine et hyperconnectée de 2200 cela suffisait à leur créer des ennemis. De plus, leur capacité à changer de sexe à volonté suivant leur interlocuteur intriguait et effrayait certains. Isi connaissait le mouvement radical anti-Volants. Certes, le monde de 2200 n'était que violence et affrontement, mais quand même, cette information avait de quoi choquer et intriguer. Cette mutilation semblait désigner un psychopathe anti-Volant, mais comment avait-il fait pour kidnapper ou attirer un de ces êtres hors de son sanctuaire ? Les Volants n'avaient pas de contact avec l'extérieur. Ils ne vivaient qu'entre eux La méconnaissance engendre la peur qui engendre la haine, c'est souvent ce qu'énonçait Isi devant des crimes abjects. Un meurtre sanglant d'un ressortissant de cette communauté un peu spéciale devait réveiller les politiques de La Cité. C'était de leur devoir.

C'est remontée à bloc qu'elle arriva dans son propre bureau. Tout le staff de son émission « Vie Vraie » l'attendait, Greg son patron, les techniciens réseaux et relais, l'assistant médical pour sa partie bionique et Ninie l'androïde secrétaire.

– Tu es ok ma chérie ? Tout va bien ? Tu as des questions ?

– Greg ! Tu me saoules là ! Oui, je suis partante. Je veux juste être certaine d'être couverte par une équipe de récupération, au cas où...

- Pas de souci, tout sera sous contrôle. Tu as ton micro greffé, tu pourras te concentrer uniquement sur ton interlocutrice. Nous te suivrons chaque minute, tu auras nos retours dans ton oreillette. Nous serons postés à l'entrée du campement.

- J'aurais un drone à porter de vue ?

- Non. La seule technologie qui rentrera dans ce camp ce sera toi, c'est la condition impérative de la cheffe.

Isi hocha la tête, pensive :

- J'aimerais ne pas déclencher la caméra et le micro aussitôt. J'ai besoin d'un peu de temps tu sais, d'un premier contact.

– Oui bien sûr ! Tout le monde est prêt ici ! Partons au plus vite.

Ils s'entassèrent dans une longue voituro-plane et s'envolèrent pour l'extérieur de la Mégapole, où se trouvait le territoire des Volants. Quand ils arrivèrent près d'une colline boisée, les abords du campement sécurisé derrière de hauts murs étaient envahis de camions relais et de journalistes de tous poils et de toutes les races que comptait la galaxie. Les antennes, les écrans les haut-parleurs, tous crachaient leurs nouvelles et leurs publicités jusqu'à la nausée. Une foule de curieux tenue à distance par des forces de l'ordre peu commodes poussaient exclamations hystériques. Tout ceci ressemblait à une foire qu'Isi connaissait bien. En tant que journaliste star de son émission, elle allait rafler le gros lot et tous ses sponsors aussi. Tous étaient fébriles. Des robots-policiers défendaient farouchement l'entrée aidés par de solides et agressifs chiens géants de Terra 21. Ce meurtre touchait la galaxie entière. Il questionnait sur les règles de bienveillance, sur la tolérance entre les différentes races. Le peuple intergalactique avait besoin de sang et de larmes pour vibrer.

- Quel foutoir ! J'aperçois tous nos concurrents : Lars de « DirectLife » et Sue du « Journal des étoiles », ils sont là avec toute leur cour et leur matos !

- Pour rien ! La cheffe nous rejoint devant une autre entrée moins exposée.

La voiture-plane longea l'enceinte protectrice, évita les nombreux drones en vol stationnaire sur la frontière puis se gara plus loin devant une entrée cachée.

– Tu rigoles Greg ! T'as vu les ronces et les orties ?

- Regarde !

Le ciel au-dessus de leurs têtes s'obscurcit soudain : un flot impressionnant de Volants venait à leur rencontre, leurs ailes noires déployées, ce qui ne manqua pas de les laisser bouche bée. Il faut dire que peu de terriens pouvaient se vanter de voir de près des êtres aussi mystérieux.

La cheffe Imaéna se posa à terre la première et s'avança majestueusement, repliant ses ailes noires derrière son dos. Elle était très grande comme tous les Volants, plus de 3 mètres. Son visage grave imposait respect et silence. Sa longue chevelure brune tombait jusqu'à ses pieds. Sa garde rapprochée d'une dizaine d'individus la suivait au plus près.

– Bonjour, merci d'être venus aussi vite.

– Nous apprécions votre confiance.

– Nous voulons la vérité sur ces meurtres et votre émission, Isi, permettra de nous faire connaître.

– Oui, j'en ai conscience cheffe.

Celle-ci s'adressant à l'équipe au complet :

– Restez ici. Votre journaliste vedette sera de retour dans peu de temps. Avez-vous toute la technique requise ?

– Tout est prêt, répondit Isi en faisant un clin d'œil à son patron, un peu tétanisé.

Imaéna lui tendit une longue et épaisse main qu'elle attrapa un peu incrédule. Puis, elle lui donna l'autre main et aussitôt fut soulevée dans les airs par la seule force des ailes de la cheffe. Isi entendit le cri de surprise de Greg. Elle n'osait pas regarder le sol. Le petit escadron volant eut tôt fait de rejoindre des habitations dissimulées dans un bois. Elle fut déposée délicatement au sol.

– Venez dans mon nid, c'est le nom de nos maisons lui dit la cheffe en souriant.

La journaliste eut le temps d'apercevoir l'aménagement du campement. Des constructions simples, des sentiers plus que des routes, des matériaux non sophistiqués, tout ici respirait le calme. Les Volants sur le seuil de leur porte la regardaient passer avec curiosité, mais sans animosité. Aucun câble, aucun néon, pas de publicité ni aucune annonce criarde nulle part dans cet environnement désuet. Isi marchait au centre d'une civilisation dispensée de technologie et elle avait du mal à comprendre son fonctionnement.

Quand elle entra dans le nid de la cheffe l'intérieur la surprit par son décor monacal : peu de meubles, un cadre dépouillé, des couleurs sobres... Elle n'avait jamais vu ça auparavant.

- Installons-nous dans mon bureau si vous le voulez bien.

La cheffe lui indiqua un siège, pendant qu'elle-même s'installait confortablement, ses ailes repliées derrière elle. Voyant le regard d'Isi :

– Mes ailes ne me gênent pas. Nos ailes ne nous gênent pas. Elles font partie de nous, ne sont pas un accessoire, vous savez.

– Pardon. Vos ailes fascinent c'est vrai. Fascinent et troublent.

– Oui, c'est ce qui nous vaut toute cette curiosité malsaine et ce déferlement de haine aussi. Nos ailes sont noires. Nous ne sommes pas des êtres mythiques comme les Anges. Nous ne sommes que des êtres réels aux ailes noires.

– Il n'y a pas que vos ailes, votre façon de vivre aussi aux antipodes des mœurs de la galaxie. Vous n'avez ni télévision, ni robots-aidants, rien de connecté... Et puis votre capacité à changer...

– De sexe ? Comme ceci ?

Sous les yeux d'Isi médusée, la cheffe se transforma en un beau jeune homme brun aux longs cheveux.

49

– Oui, balbutia-t-elle. Comment faites-vous pour vivre en autarcie loin de tout ?

Le visage grave de la cheffe redevenue elle-même, s'éclaircit d'un sourire :

- Vous voyez bien comment nous vivons, simplement, loin de toutes les fureurs du monde. Nous vivons.... . À l'ancienne si vous voulez. Mais si j'ai pu obtenir votre venue, c'est bien que je me tienne au courant de tout ce qui se passe dans ce monde-là, chère Isi. Il y a dans le campement quelques ordinateurs à notre disposition...

Et elle reprit son apparence féminine, décontenançant un peu son interlocutrice :

– Oui bien sûr.

– En tant que cheffe, je me dois de connaître les rouages de la société. Pour le bien uniquement de mon peuple. Comprenez-vous ?

Isi prit son air concentré que lui connaissaient des millions de téléspectateurs.

– Cheffe, quand j'aurais déclenché ma caméra, quand le son sera calé, ce sont des milliards d'individus qui vous verront, qui verrons aussi comment vous vivez... Êtes-vous certaine de cela ? Avez-vous mesuré les conséquences ?

Imaéna lui prit ses mains dans les siennes. Une douce chaleur en émanait. Ses ailes puissantes dégageaient un clair parfum d'azur.

– Rien, vous m'entendez, rien ne peut être pire que ce meurtre abject. Ces mutilations... Ne vous en faites pas, je ne suis pas seule à prendre les décisions ici, le conseil des Sages m'approuve. Quoiqu'il puisse nous en coûter, nous devons nous présenter au monde.

– Au risque d'exciter les plus enragés ?

– Nous avons pesé le pour et le contre. Nous devons éclairer le monde sur nos mœurs qui sont, vous le constatez vous-même, plus que pacifiques. Et ainsi, peut-être inciter quelqu'un à parler, à nous dire qui est le meurtrier de notre compatriote.

Isi sembla hésiter. Regarda tout autour d'elle. Tout ici respirait la quiétude, la lenteur. Tout à l'heure, quand elle aura déclenché sa caméra et son micro, que des millions de téléspectateurs verront son reportage, c'est un véritable tsunami de curieux, de journalistes, de désœuvrés, de désaxés qui déferlera sur les hauts murs d'enceinte du campement. Les Volants sauront-ils se préserver ?

Isi n'avait pas la réponse. Elle n'avait qu'une hâte, c'est d'être dans l'action. De faire son job.

Imaéna lui donna le top départ :

– Nous devons le faire pour la mémoire de notre frère Volant atrocement mutilé.

Isi actionna sa visio-caméra intégrée et demanda l'antenne :

« Attention ! Direct exceptionnel ! Édition spéciale de « VieVraie » Votre journaliste d'investigation préférée Isi Lambarre en direct chez les Volants ! Personne n'avait pénétré leur sanctuaire jusqu'à présent mais elle l'a fait ! Une exclusivité de TV4655 ! »

Le grand barnum médiatique commençait. Dans la galaxie, des millions et des millions d'êtres vivants de races différentes regardaient l'émission d'Isi. Du plus petit Zorias au fond de son abysse sombre jusqu'aux Titrans sur un satellite sauvage, tous, tous avaient les yeux rivés devant leur écran. Ils répondaient ainsi à leur alerte corporelle intégrée et il y avait peut-être quelque chose à gagner, l'émission étant subventionnée par des jeux et des agences de voyages. Avec les Volants en exclusivité, il y aurait certainement des détails croustillants.

– Bonsoir cher public, encore une fois au cœur de l'action, je suis dans le saint des saints, dans le campement interdit des Volants suite au meurtre atroce d'un des leurs. Face à moi la cheffe des Volants Imaéna qui va répondre à toutes mes questions…

51

La vie des Volants bascula à cet instant précis.

Quand Sae arriva, essoufflé, au bureau, il fut accueilli par le tonnerre de la voix de son chef brandissant un dossier étiqueté « Erreur » :

- Qu'est-ce que c'est que ça ? J'apprends que deux individus sont hors des clous ? Qu'ils ne respectent le plan initial ?

- Mais chef... tenta-t-il timidement connaissant le caractère ombrageux de son supérieur.

- Pas de « mais » ! Je veux que vous retrouviez toutes les données, toutes les bandes vidéo pour savoir comment tout ça à déraper !

Et là, au lieu de faire comme tout le monde, d'adopter un silence timide et apaisant, devant la colère du chef, voilà que le petit nouveau, tout frais émoulu de son école avec un sourire innocent dit :

C'est peut-être le Hasard...

Un vent glacial passa dans le petit bureau encombré de documents. Le visage du chef, Monsieur Destin, un être costaud, sanguin, prit une teinte violette peu engageante, il explosa :

– Quoi le Hasard ? Qui le Hasard ? Il n'y a pas de Hasard jeune homme ! Connais pas le Hasard ! Tout est paramétré. Il en va de la bonne marche de l'Univers ! C'est clair dans vos petites têtes ? Je ne veux pas de contes de fées ! Les fées n'existent pas ! Je veux des faits : retrouvez-moi les enregistrements ! Est-ce que vous croyez que Madame La Vie va laisser ce dérapage se faire sans rien dire ? Et qui va en prendre pour son grade, hein ?

Ils sentirent son souffle aigre sur leur visage et l'odeur forte de sa transpiration due au stress :

– Vous avez compris ? Rugit-il. Trouvez-moi ce qui a dérapé !

– Oui chef ! Répondit la Brigade des Anges comme un seul homme.

Et chacun fila aussitôt sans demander son reste se plonger dans les calculs, les courbes, bref, dans toutes les prévisions inaltérables du Bureau de La Vie, pour mettre le doigt sur l'erreur qui avait conduit à ce manquement. Comment deux humains dont l'existence était programmée depuis des lustres avaient fait pour changer la donne ?

Sae se concentra consciencieusement sur toutes les données des deux récalcitrants : ils n'auraient jamais dû se rencontrer. Il recalcula, il fouilla leur passé, il visionna les enregistrements vidéo fournis par leur ange gardien respectif avec le petit nouveau, écouta leurs conversations intimes avec les autres et tous tombèrent d'accord pour admettre que quelque chose avait cloché cette fois-là. Étant l'Ange le plus ancien, Sae résuma la situation :

- Nos zigotos s'appellent Tilla Simson et Roe Maltez. Ils ne devaient pas se rencontrer. Jamais. Elle avocate à Paris, mariée, deux enfants. Lui berger célibataire dans les Pyrénées. Leurs deux vies diamétralement différentes ne devaient en aucun cas se croiser et encore moins s'associer. Madame La Vie suit scrupuleusement les plans établis à l'avance dans son Grand Livre. Elle aussi elle a des comptes à rendre... en haut, en très haut lieu !

- Qu'est-ce qui s'est passé alors ? demanda naïvement le nouveau aux ailes toutes blanches.

Ses collègues le regardèrent tendrement avec un sourire aux lèvres en pensant : « Jeunesse ! Jeunesse ! » se revoyant eux-mêmes à leur arrivée dans le bureau de la Brigade des Anges, au temps où leurs ailes à eux aussi étaient d'un blanc immaculé.

- Ce qui s'est passé petit c'est ce qu'on appelle ici le grain de sable.

– Tout est écrit pourtant.

– Oui. Tout est écrit on le sait bien ! Mais c'est la preuve que tout est possible ! Tilla et Roe ne devaient pas se rencontrer et nous avons retrouvé la vidéo qui montre leur premier contact. Il était à Biarritz pour protester contre les taxes qui étouffent les petits producteurs de fromages de brebis. Elle, elle allait rejoindre sa famille dans une maison louée pour les vacances par ses parents. Son mari, prit par son travail devait arriver deux jours plus tard.

Ils étaient tous penchés autour de la table de travail de Sae, le nouveau avec sa naïveté touchante, Cham tout juste revenu de mission et Lia arborant son doux sourire. Ils scrutaient tous ces petits moments de vie humaine anodins qui dans ce cas-là apparaissaient cruciaux.

– Regardez ! C'est là ! cria Cham les faisant sursauter.

Il pointait un long doigt sur une image floue où on devinait Tilla et Roe côte à côte. Ils semblaient se sourire.

– Remontons plus haut, juste avant, décida Lia.

Ils visionnèrent le petit film de très mauvaise qualité. Ils virent Roe sur une route ensoleillée avec des compagnons de barrage et des brebis un peu perdues au milieu des éclats de voix de contestation : « Non ! Non ! Nous gardons nos moutons ! » scandaient-ils tous vigoureusement en stoppant chaque voiture. Et voilà qu'arriva Tilla avec sa voiture familiale pleine de sacs, valises, jouets, ses deux enfants à l'arrière bien sages, elle ralentit puis arrêta son véhicule à la hauteur des manifestants. Elle fit descendre sa vitre :

– Bonjour. Que se passe-t-il ? demanda-t-elle au petit groupe bloquant la route.

Au moment où un homme allait lui répondre son véhicule fut percuté par l'arrière violemment suite à un minicarambolage dans sa file. Plusieurs voitures s'emboutirent. Ses enfants crièrent. Fort heureusement à part une grande frayeur le choc ne fit pas de gros dégâts. Tilla sortit immédiatement de sa voiture et détacha ses enfants de leur siège. Spontanément, les témoins de l'accrochage l'aidèrent à rédiger la déclaration d'accident avec le conducteur l'ayant percutée. La jeune femme, fatiguée et excédée, accepta leur aide de mauvaise grâce n'ayant en tête que l'envie de repartir. Pendant ce temps, un homme vint rassurer ses enfants. C'était

Roe. Il tenait dans ses bras un agneau ce qui, pour des enfants de la capitale, s'apparentait au comble du merveilleux. Quand le constat fut rempli et signé, Tilla eut du mal à remettre ses enfants dans la voiture.

– Écoutez votre maman, leur dit Roe.

– On veut encore caresser le petit mouton ! se plaignaient les petits.

– Si votre maman veut bien je vous enverrai des photos quand je serai de nouveau dans ma bergerie.

C'est à ce moment-là précisément que Tilla regarda Roe. Lui aussi. Leurs deux regards croisés se troublèrent un instant.

– Oui bien sûr, voilà mon numéro de mobile.

Puis rougissante, elle lui tendit sa main, qu'il serra, un peu intimidé :

– Tilla Simson. Et les deux petits monstres, mes enfants, Calio et Silde.

– Roe Maltez. Promis, je leur enverrai des photos.

– Merci !

Ils se séparèrent avec un petit sourire.

– Cela aurait dû être la fin de l'histoire. Cela aurait dû... nota Sae.

– Mais ça n'a pas été cas. Ils se sont téléphoné. Ils se sont revus. Ils se sont aimés. Et ils sont ensemble maintenant, admit Lia. Elle va divorcer.

- Leur ange gardien personnel n'a rien pu faire ? demanda le petit nouveau.

– Contre l'Amour il n'y a rien à faire... C'est fichu. Madame LaVie va nous passer un savon, admit Sae simplement.

– Oui. Tout ça prouve juste que rien n'est impossible.

Ils restèrent un moment tous songeurs imaginant Roe et Tilla, imaginant leur patronne furibonde... Puis, prit d'une inspiration :

– On peut revoir les images ? demanda Sae. Oui ? Ce qui n'était pas prévu c'est ce mini-carambolage. Retrouvez-moi le point de départ de tout ça.

Ils scrutèrent les images floues.

C'est là ! cria le petit nouveau.

Ils venaient d'identifier le « grain de sable », ils avaient le visage, un visage souriant, voire espiègle, de la conductrice à l'origine de l'accident. La stupéfaction les tint muets un instant.

Amusé, Sae dit finalement :

– Monsieur Destin ne va pas être content du tout de voir le visage du Hasard. C'est celui de la fée Aléa !

– Je suis là mes petites chéries, dit-elle avant même de poser son sac.

Elle était essoufflée, elle avait dû courir dans la Zone Danger pour étoffer son garde-manger. Elle connaissait parfaitement les risques encourus, mais elle devait le faire pour elle-même et pour informer les Rebelles qui parfois passaient la voir. Qui se méfierait d'une dame aux cheveux blancs ? Maintenant elle habitait le quartier inondé du fleuve. La guerre avait détruit son appartement et elle avait investi sans que ça dérange quiconque cette grande bâtisse vide qui tenait encore debout sur le bourbier nauséabond et putride. Le confort y était spartiate mais ça ne dérangeait pas Siana. Elle n'occupait que la grande pièce de devant. Les autres, elle les laissait à ses chéries qui se moquaient bien des infiltrations d'eau et autres trous dans le plafond.

– Tout va bien ?

Son visage rayonnait en s'adressant aux centaines de plantes qui occupaient ce qui fut un salon cossu sous une grande véranda. Un courant d'air vint les faire onduler comme en un silencieux hochement de tête. Les plantes s'étaient adaptées aux nouvelles conditions de vie. Comme les humains, elles avaient transformé certains paramètres pour pouvoir survivre dans le chaos. Elles s'étaient adaptées, s'étaient modifiées. Ici, elles avaient l'eau en quantité suffisante qui remontait par le plancher, elles avaient le soleil généreux qui passait par les larges baies éventrées, elles n'avaient aussi aucun souci de nourriture, la fange marécageuse près du fleuve leur apportait tous les nutriments nécessaires. Siana passa parmi ses plantes carnivores en les effleurant tendrement. Elle sentit dans ses paumes comme un frémissement. Comme si les plantes vibraient sous sa caresse.

Depuis le déclenchement de la guerre, il y avait plusieurs décennies, les humains survivants ne pouvaient que constater que certaines espèces opportunistes s'épanouissaient bien volontiers dans la pollution, le désordre climatique et les radiations. Les plantes carnivores étaient de celles – ci. C'est la maison qui attira Siana : grande, située sur une petite hauteur près du fleuve, elle apparaissait comme un poste de guet. Ici, elle pourrait surveiller l'arrivée possible de Malfaisants. Quand elle poussa la porte déglinguée, elle les vit de suite : elles semblaient l'attendre. Toutes belles et vigoureuses au milieu des gravats. Sa première envie fut, c'est vrai, de les jeter pour organiser son nouvel abri. Et puis, elle ressentit bizarrement de l'apaisement à leur contact, comme si une mystérieuse connexion s'était établie entre elles à son insu. La maison était assez grande pour une cohabitation sereine. Les plantes et elle-même avait réussi à survivre aux bombes irradiantes, aux gaz irritants, aux attaques de drones. Cette sale guerre avait décuplé en elles une force d'adaptation insoupçonnée. Les plantes restèrent dans la véranda inondée et ouverte au vent et Siana prit la grande pièce du devant. Entre survivantes, autant être solidaires pensa-t-elle. Elle ne regretta pas cette décision. La présence muette mais réactive des plantes lui apportait un peu de réconfort chaque jour. Et puis, le miracle de leur prolifération en relative bonne santé s'apparentait à une promesse. La promesse de jours meilleurs pour l'humanité.

Siana avait tout perdu à cause de cette sale guerre sauf peut-être l'espoir que tout redevienne comme avant. Une pensée de cœur tendre, lui répondaient les Rebelles qui contrôlaient la zone et qui affrontaient tous les jours les Malfaisants.

Autrefois, il y a longtemps, Siana avait une famille, un travail, une petite maison en banlieue tranquille. Les premières bombes s'étaient abattues alors qu'elle était en train de faire ses courses. Tout son quartier avait été détruit. Hébétée par la douleur d'avoir perdu son mari et ses enfants, elle avait d'abord erré avec les survivants. Mais les retombées des bombes à perturbateurs endocriniens décimèrent la maigre troupe qu'elle suivait. Quand un matin elle s'éveilla entourée de cadavres elle décida de quitter le groupe sans attendre. Voilà comment elle avait atterri ici. Elle ne le regrettait pas. Au contraire. Depuis son installation près du fleuve, elle engrangeait des renseignements pour les Rebelles. En échange, ils la tenaient au courant des dernières nouvelles du front. Elle ne manquait pas de les communiquer à son tour aux rares humains encore présents sur la zone.

Sa vie tournait comme ça, toujours sur le qui-vive, des Malfaisants pouvant à tout moment débarquer. Rien ne l'avait préparée à vivre dans cette solitude anxieuse. Autrefois, elle était une simple bibliothécaire, la guerre l'avait obligée à puiser des forces insoupçonnées au fond d'elle. Elle vivait dans la crasse, les miasmes, mais buvait de l'eau de pluie filtrée et tentait encore de maintenir son apparence d'humaine civilisée. Ses journées passaient toutes pareilles : peur, silence, attente. Le regard rivé sur le fleuve qui charriait sans discontinuer des cadavres humains, des carcasses diverses et des débris innombrables. Ses seuls répits elle les trouvait à voir la bonne santé des plantes carnivores qui, petit à petit, prenaient plus de place dans la maison délabrée et commençaient à coloniser aussi dehors l'espace entourant la maison, concurrençant sans beaucoup de mal les brins faméliques d'herbes folles. Mine de rien, elles formaient une petite jungle.

– Tout va bien mes chéries ? leur demandait-elle chaque jour.

Par cette petite phrase anodine, elle mettait un peu de routine et d'illusion dans sa vie fracassée. Loin d'être dupe, Siana soignait cette petite mise en scène pour se donner du courage.

Un soir, alors qu'elle était à son poste à guetter le fleuve, elle vit des ombres se déplacer subrepticement. Des Malfaisants ! Cinq. Cinq ombres qui approchaient de la maison. Suffoquée, elle resta quelques secondes paralysée, incapable de penser. Soudain elle ressentit par tout son être que les plantes l'appelaient. Sans réfléchir, mue par une peur indicible, elle courut et se jeta sur elles alors que les grognements des rôdeurs se rapprochaient de la maison. Le tapis épais et haut des plantes cacha aussitôt son frêle gabarit. Allongée dans le noir, face contre terre, attendant le pire, les frôlements des feuilles l'apaisèrent de façon immédiate et radicale.

Les Malfaisants pénétrèrent violemment dans la maison, brisant tout ce qui tenait debout, vociférant : « T'es cachée ? On va te trouver ! » Tassée sur son lit de verdure, elle les entendit ricaner méchamment pendant qu'ils saccageaient consciencieusement tout ce qu'ils pouvaient. Elle eut l'impression que toute la maison se hérissait de colère. Elle attendait qu'ils franchissent la porte de la véranda. Les plantes attendaient aussi.

« Les gars ! Visez ça ! Des salades ! » hurla l'un d'eux en piétinant les premières rangées. Ses comparses se précipitèrent pour les arracher. Siana éprouva soudain comme un souffle venant des plantes. Un cri sans son, difficile à expliquer. Il ne dura qu'une seconde et les Malfaisants tombèrent tous brusquement terrassés.

Le silence s'abattit sur Siana qui n'osait pas bouger. Puis, un vent léger secoua ses amies les plantes carnivores qui commencèrent à dépecer les cadavres.

INTRUSION

Paris 17 heures 20 février 2150 après Jésus Christ, 50 années après la Grande Catastrophe.

Dina rentrait chez elle comme chaque soir en prenant le trottoir tapis-roulant qui longeait une large artère encombrée de bus, trams et autres véhicules automates à cette heure. Il se situait juste en dessous d'un des monorails qui traversaient la ville. Aux transports publics gratuits, ainsi qu'aux vélos et autres véhicules individuels divers et variés, elle préférait la marche aidée, ainsi elle profitait du spectacle que la ville offrait à cette heure. Elle aimait la végétation luxuriante présente partout.

La lumière rouge et intense du soleil couchant baignait la mégapole, révélant les nombreux îlots de verdure, sur les façades des immeubles, aux pieds de ceux-ci et à leur sommet. Les grands espaces haussmanniens ressemblaient à une petite jungle. Même les rues trop étroites ou mal exposées comptaient leur végétation adaptée. Les panneaux photovoltaïques habillaient chaque façade ensoleillée, les récupérateurs d'énergie mécanique décoraient chaque rue, leur donnant une allure métallique. La température ambiante de 32 degrés convenait parfaitement à la jeune femme qui avançait d'un bon pas pour rejoindre son logement. Elle aimait sentir l'odeur du foin fraîchement coupé qui garnissait les mangeoires des chèvres des exploitations communautaires. Elle connaissait chaque potager, chaque plantation qui jalonnait son trajet jusqu'à son domicile. Elle revenait de son travail civique, qui ce jour avait consisté à défricher son quartier. Elle participait au bien-être de la cité. Comme tous les autres marcheurs à côté d'elle, elle en profitait pour lire les nouvelles via les nombreux tableaux numériques. Dina avait activé sa connexion urbaine et appréciait ce moment de prise de contact avec son environnement, elle se sentait en phase avec sa ville et ses concitoyens. Ce soir-là, dans la foule, des personnes aux cheveux blancs lui rappelèrent ses grands-parents. Plus particulièrement, le discours militant de son grand-père :

– Tout a changé avec le raz de marée. Nous, les Survivants, avons été obligés de prendre en mains notre destin.

Le 15 novembre 2100, la fonte des calottes glaciaires à cause du réchauffement climatique s'accéléra brutalement. Les océans montèrent de 2 mètres en quelques semaines, générant paniques, crises, hécatombes, pandémies et perturbations mondiales.

– Notre monde a disparu si vite ! Tu ne peux pas te rendre compte Dina. Après la stupeur et les pleurs, il nous a fallu, à nous les Survivants, tout réorganiser. La planète n'était plus la même, les hommes non plus, les enjeux différents... Nous devions enfin nous montrer responsables.

Souriant dans le vague, elle se remémorait avec nostalgie les explications enflammées et les plans griffonnés qu'il lui donnait avec une fièvre militante.

– Dina, tu es de la génération suivante. Tu fais partie de ceux qui vont améliorer tout ce que nous avons réussi à mettre en place pour notre planète. Regarde autour de toi : Paris n'était pas comme ça avant la catastrophe !

Enfant, elle soupirait d'ennui devant ses tirades. Mais ce soir, elle admettait qu'il avait parfaitement raison. Paris, comme chaque métropole dans le monde, avait été totalement repensée après les événements tragiques. Les Survivants avaient décidé de mettre tout en œuvre pour qu'elle soit une ville-refuge, une ville au service de l'homme. Confrontés à de multiples difficultés, d'ordres sanitaires, alimentaires et énergétiques, ils avaient fait en sorte que la cité réponde du mieux possible aux demandes humaines.

Dina se laissa un peu porter par le trottoir-tapis mû par l'énergie mécanique des marcheurs.

Soudain, tous les écrans devant elle diffusèrent un message d'alerte :

« Attention intrusion ! Des meutes de chiens sauvages signalées dans votre secteur. Adoptez les consignes de sécurité immédiatement. Dispositif anti-intrusion en cours. »

Aussitôt, et sans panique, alors que circulaient encore tous les véhicules automates et les nombreux vélos, le flot humain quitta le trottoir pour se disperser et se mettre à l'abri dans les bâtiments les plus proches où clignotaient des néons « Refuge ». Le message passait en boucle, appuyé aussi par une voix robotique puissante aidée par des sirènes. Petit à petit, au son des injonctions, toutes les personnes se trouvant dans le quartier abandonnèrent leur moyen de locomotion pour trouver un abri proche.

Depuis la Grande Catastrophe, ce genre d'alerte était récurrent. Le dérèglement climatique persistait et, en dehors des villes réaménagées, la terre n'était que déserts et désolations. Hors des villes, nul salut pour toute vie, animale ou végétale. La chaleur étouffante et le manque cruel d'eau douce réduisaient à néant la moindre tentative de survie. Paris, comme les autres, avait remédié au problème en misant sur la baisse des températures grâce à la végétation omniprésente, sur le sol, les façades des immeubles et sur les toits. La moindre parcelle disponible était utilisée de façon à nourrir correctement chaque habitant. Dans les jardins publics, sur des bouts de trottoir, partout où se trouvait de la place, des cultures maraichères et des élevages caprins et de lapins maîtrisés étaient monnaie courante. Une végétation luxuriante et diverse poussait sans contrainte dans ce milieu urbain. Tout ceci concourrait aussi à abaisser la température. Et si, par boutade, Alphonse Allais avait dit qu'il « fallait mettre les villes à la campagne », en 2 150 c'était devenu réellement le cas : les villes étaient la campagne... Parce que celle-ci n'existait plus. Grâce à son agriculture citadine, Paris en 2 150 nourrissait chacun de ses habitants, l'extérieur hostile étant définitivement aride. Mégapole archi polluée des années 2000, elle était devenue par la force des choses une mégapole oasis où l'eau de la Seine s'appréciait comme un bien précieux. Surtout où chaque citoyen devait économiser chaque ressource et participer au bon fonctionnement des impératifs citadins.

Dina s'engouffra avec plusieurs personnes dans l'entrée d'un immeuble. Elle n'avait pas peur, connaissant la procédure. Régulièrement, des meutes affamées rentraient dans la capitale et régulièrement, les brigades anti-intrusion les tuaient avant qu'elles ne fassent des victimes. Il suffisait d'attendre à l'abri que tout rentre dans l'ordre. Peu à peu la grande artère se vida de toute activité humaine. Restait juste le clignotement d'alerte.

La porte d'entrée convenablement verrouillée, toutes les personnes présentes s'installèrent tranquillement en vue de plusieurs heures d'attente. Leur famille était déjà renseignée via les messages d'alerte. Certains recevaient ou envoyaient des messages rassurants via leur montre connectée au réseau urbain.

Ce n'était pas un épisode dramatique, juste un peu pénible. Les Brigades allaient bientôt arriver.

Les meutes de chiens sauvages sévissaient dans les déserts enserrant les villes, ils survivaient aux prix d'efforts énormes pour se nourrir. Leur plat principal étant les rats, rares animaux pouvant résister aux grandes chaleurs.

Quand ils ne trouvaient plus rien à manger, attirés par des effluves nourriciers, les chiens passaient alors les murs d'enceinte des villes en force, ignorant les défenses électriques. La première vague sacrifiée était celle des plus vieux spécimens : ils ouvraient la voie pour leurs jeunes. Leur force se trouvait dans leur nombre, une meute comptait près de mille individus. Et ils pouvaient faire des dégâts importants dans la cité. Attirés par les élevages communautaires de petit bétail, les seuls autorisés, contrôlés par les Brigades Sanitaires, ils déferlaient sur eux en empruntant les grandes artères herbeuses. Bien entendu, ils ne se limitaient pas qu'aux animaux : tout humain à leur portée devenait une proie. C'était bien là la crainte des autorités. Et aussi qu'ils transmettent une forme de rage très virulente à la métropole. Les Robots détecteurs et les Vigies de la ville de Paris, juchés sur chaque toit dominant l'extérieur étaient là pour veiller sur la population. Les drames anciens avaient servi de leçon.

Mais ce soir, aucun citadin et aucun animal d'élevage n'avaient à craindre quoi que ce soit, les uns se trouvaient à l'abri dans des bâtiments et les autres bien protégés derrière de hauts grillages sécurisés.

Dina augmenta le son de sa musique et ferma les yeux en s'asseyant par terre, il fallait juste patienter, sans paniquer. Autour d'elle, alors que la climatisation fonctionnait à plein, les autres personnes organisaient tranquillement leur attente.

Dehors, le quartier soudainement vidé de vie humaine paraissait étrange en cette fin de journée, même la végétation semblait retenir son souffle.

La meute arriva, déferlant sur l'artère principale, envahissant soudain l'espace. C'était une masse noire, hirsute et brutale qui apportait ici la violence d'hors les murs de la ville. Les aboiements et grognements couvraient presque le son des sirènes. Chaque maigre individu n'était qu'une fureur affamée, déchaînée. Cette masse de poils, de bave et de crocs acérés, agressive et incongrue représentait la part de nature désorganisée et excessive que refusaient les Survivants.

La meute tenta d'atteindre les chèvres derrière leur enclos. De façon désespérée, les chiens se jetaient violemment sur le haut grillage renforcé. En pure perte. Les sirènes s'intensifièrent, annonçant l'approche des Brigades Anti-Intrusion.

Les compagnons d'infortune de Dina s'agitèrent un peu en suivant sur leur écran de montre l'arrivée des forces habilitées à détruire les nuisibles.

Les gyrophares tournaient à plein, les mégaphones hurlaient leurs messages d'alerte. Venant des deux côtés de l'avenue, pour couper toute retraite, des véhicules sécurisés se déployaient prudemment. Les chiens se déchaînèrent, sentant venir le piège. Les Brigades les avaient acculés ici.

De part et d'autre de l'avenue déserte se dressaient déjà de grands et solides filets, défendus par des grappes d'humains casqués, harnachés et armés. La masse canine hurlante et mouvante se scinda pour attaquer les deux barrages. Écume aux babines, poils hérissés, les chiens foncèrent sur les hommes qui répliquèrent aussitôt aidés par des robots de défense. Par vague, les chiens succombaient sous les décharges électriques. Ils n'avaient pas d'autre issue que de se battre. Les arbres touffus, les jardinets communautaires bien entretenus et les enclos sécurisés du bétail n'offraient aucune cachette. Bientôt, leurs corps tordus et maigres jonchèrent une partie de l'avenue. Les militaires, arme au poing, aidés par les robots – urbains et par les drones de sécurité traquaient les animaux restant qui tentaient de fuir la nasse les piégeant. Calfeutrés dans leur refuge, les habitants entendaient les aboiements terrifiés et les déflagrations.

Rapidement, il n'y eut plus aucun chien debout et les nettoyeuses purent entrer en action, raclant le sol, soulevant les corps, les jetant dans des bennes. Tout ceci dura le temps que les Brigades furent assurées de partir en ayant accompli leur travail.

Les panneaux lumineux virèrent au vert pour annoncer la fin du confinement.

« Fin d'intrusion. Vous pouvez reprendre vos activités » Tous les habitants du quartier reçurent le message sur leur montre connectée.

Voyant ses compagnons d'infortune quitter leur abri, Dina sortit de sa semi-torpeur et les suivit. Dehors l'avenue avait déjà retrouvé son visage habituel de fin de journée : les véhicules automates roulant silencieusement, les vélos aussi et les piétons pressés sur le trottoir tapis-roulant. Souriante, Dina leur emboîta le pas.

C'était vraiment une belle soirée de 2150, la jeune fille éprouva soudain un immense sentiment de bien-être. Elle était en sécurité ici, dans sa ville oasis.

Partout dans les rues des affiches, des hologrammes, des enseignes clignotaient outrageusement pour mettre en garde la population sur l'avancée de ce nouveau phénomène : l'invisibilitude.

« Attention ! Attention ! L'épidémie se répand dans la Mégapole. Aucun remède à ce jour. Si cela vous affecte faites-vous reconnaître auprès des services de Santé. Portez votre clochette obligatoire ou votre masque d'apparence. La clochette et le masque Bien Vu vous aident dans votre quotidien. Recommandés par le Gouvernement. »

Sam marchait sur le tapis – trottoir parmi une foule compacte et silencieuse en s'agaçant contre toutes ces annonces. Les publicitaires en faisaient trop pour vendre leurs produits aux Invisibles. Certes, en 2150, ce fléau touchait un nombre croissant de personnes mais ces réclames relevaient de l'indécence.

Sam se souvenait du premier Invisible qu'il avait vu. C'était en 2130, jeune étudiant de vingt ans à la faculté Paris-Lille de robotique, il partageait un petit appart avec un Afro-indien de son âge, un gars immense, très timide, élève dans une haute école de commerce terrestre et galactique, ce gars s'appelait Ors. Ils s'entendaient bien, étant tous deux de sacrés bosseurs, n'ayant pas le temps de se laisser distraire par des sorties et autres petites sauteries proposées par leurs amis.

Un soir que Sam révisait pour un partiel, Ors vint frapper à sa porte inquiet :

- Sam ! Sam !

Sans même lever la tête de son écran, celui-ci grommela un « oui »

- Sam ! Sam ! Je ne me sens pas bien...

Ces mots firent réagir Sam, qui ne voulait surtout pas qu'il vomisse dans sa petite chambre :

- Qu'est-ce que t'as ?

- Regarde Sam ! Regarde mes mains !

Sam eut un petit moment de doute, Ors n'était pas du tout un garçon aimant la plaisanterie mais ce soir-là, aurait-il décidé de se lancer dans la comédie ?

– Quoi tes mains ?

- Regarde ! J'en ai plus ! lui cria Lars terrorisé.

Énervé, Sam se leva brusquement de sa chaise, prêt à mettre cet hurluberlu dehors.

- T'as fini tes...

Ses mots restèrent dans sa gorge devant le spectacle qu'offrait son colocataire : celui-ci, pieds nus, en caleçon à fleurs et tee-shirt orange avait les larmes aux yeux. Il n'avait plus de mains. Non pas qu'il les aurait tranchés on ne sait comment, non, aucune goutte de sang, aucun moignon. Il n'avait plus de mains. Tout simplement.

- Mais... commença Sam suffoqué.

– Je sais pas Sam ! Je sais pas ! Je te jure ! Mais mes mains sont là encore ! Elles sont invisibles mais je peux m'en servir !

Et il attrapa de ses mains invisibles la chaise de Samla levant au-dessus de sa tête.

Pendant une seconde, ils restèrent pétrifiés, ne sachant pas quoi penser, ni faire.

– Tu m'emmènes aux urgences ? demanda timidement Ors.

– Oui. Oui bien sûr ! J'appelle Un taxi-plane.

Quelques minutes plus tard ils furent aux urgences de Paris-Lille. Un lieu où tous les miasmes et détresses se concentraient dangereusement. Un robot d'accueil les plaça dans une salle d'attente bondée. Au milieu des grabataires s'étouffant, d'enfants victimes de rhumes invalidants, de jeunes mono-skaters gravement blessés, ils patientèrent jusqu'à l'aube, Ors cachant ses bras dans les manches de son gilet. Puis, vint enfin leur tour, une jeune et très fatiguée docteure les dirigea tous deux dans un box, À son sourire triste, Sam sut qu'elle ne les prenait pas du tout au sérieux. Elle pensait en avoir vite fini.

Elle se trompait car quand Ors ôta son gilet ses mains et ses avant-bras étaient invisibles.

Il eut un haut-le-cœur.

- Depuis quand êtes-vous amputé des deux bras ? demanda-t-elle d'un ton las en regardant son robot assistant.

– Je ne suis pas amputé. Mes bras sont là, répondit Ors le souffle coupé d'angoisse.

Sam, au comble de l'énervement s'écria :

– Montre à Madame comment tu peux t'en servir !

Au moment où elle allait appeler la sécurité, Ors attrapa les mains de la jeune femme de ses mains invisibles. Elle cria de surprise.

– Je vous en prie ! Dites-moi ce qui m'arrive ! la supplia-t-il.

Un infirmier accourut et jeta un regard suspicieux aux deux jeunes hommes :

– Tout va bien Sena ?

– Oui, répondit-elle en reprenant ses esprits et en desserrant l'étreinte d'Ors. Mais reste ici et donne-moi ton avis pour ce patient s'il te plaît pendant que j'interroge la base de données du robot assistant.

Mis au courant de la curieuse pathologie dont souffrait Ors, l'infirmier eut une réponse surprenante :

– Vous ne savez pas ? C'est un tout nouveau symptôme. Cela ne va pas vous consoler mais des cas similaires existent dans le monde. C'est un phénomène émergeant.

– Je confirme, dit la jeune Sena en relevant le nez des documents que lui avait fourni son robot, oui apparemment des cas de personnes devenues invisibles se multiplient un peu partout.

– Et ça se soigne ? demanda Ors dans un souffle alors que son visage commençait à disparaître.

– Malheureusement non. La communauté scientifique ignore à ce jour les causes de ce phénomène et quels pourraient être les traitements.

– Qu'est-ce que je vais devenir ? gémit-il.

– Notre chef de service arrive, ne vous en faites pas, lui répondit Sena en lui administrant un sédatif.

Et s'adressant à Sam d'une voix douce :

– Vous pouvez rentrer chez vous. Votre ami va être pris en charge.

– Vous êtes sûre...

– Oui bien sûr ! Allez-vous reposer. Dans la matinée, nous en saurons plus.

Sam hésita à faire coulisser la porte du box, le désespoir de son coloc et la situation ubuesque le retenant encore. Finalement Ors, la voix cassée, le poussa à partir :

– Merci Sam. Tu en as déjà trop fait pour moi. On se voit bientôt.

Ce fut la dernière fois qu'il entendit le son de sa voix. Car à partir de là, Ors fut mis en quarantaine. Au début, Sam essaya d'avoir de ses nouvelles. Difficilement, il sut qu'Ors vivait reclus dans une sorte de sanatorium. Ensuite, avec d'autres de ses semblables, on les déplaça dans un autre bâtiment du même genre. À l'époque, il était hors de question pour le Gouvernement Central que ce phénomène soit dévoilé au grand public. Les Invisibles, comme ils se nommaient dès lors, ne devaient effrayer personne. Invisibles ils étaient devenus et Invisibles ils restaient malheureusement. Aucune médication n'avait pu les faire réapparaître. Le nombre d'infectés ne cessant d'augmenter, l'information ne fit que de se répandre rapidement. Devant l'afflux de nouveaux cas « d'invisibilitude » les autorités durent prendre des mesures fortes :

– Obligation de se déclarer à la gendarmerie dès les premiers signes d'invisibilitude.

– Obligation de porter au choix ou une clochette réglementaire ou un masque d'apparence pour circuler dans des lieux attribués.

– Obligation de revêtir le costume destiné à chaque tranche d'âge des Invisibles.

Il était bien entendu totalement interdit pour un Invisible de circuler nu, sous peine, en cas de découverte, bien sûr, d'emprisonnement. Bien vite, ce phénomène se propagea à toutes les couches de l'humanité, à tous les âges, à toutes les confessions. On vit même des bébés Invisibles naître. Beaucoup furent abandonnés. Petit à petit, une ségrégation due à la peur confuse d'être contaminé s'était mise en place dans la Mégapole Paris-Lille. Les Invisibles, nouveaux pestiférés, habitaient dans les mêmes quartiers, les mêmes immeubles et fréquentaient les mêmes magasins, travaillaient le plus souvent dans les mêmes secteurs d'activité. Cette démarche répondait à un besoin de réconfort et aussi, et surtout, à une méfiance vis-à-vis du monde des « normaux », des « visibles ». Ceux-ci les stigmatisaient trop et parfois les attaquaient, prenant le prétexte de la crainte et du dégoût que les Invisibles leur inspiraient. Aussi, on parlait à mots couverts et effrayés de ces « Invisibles » captifs de savants fous qui inventaient toutes sortes de mauvais traitements pour les « guérir ». La classe scientifique du monde entier ne pouvait qu'admettre son total désarroi devant un phénomène inexplicable. Des hypothèses des plus farfelues voyaient le jour au fur et à mesure que le nombre d'Invisibles grossissait. Était – ce dû à un défaut d'absorption de la lumière par la peau ? Ou alors à cause de l'ingestion d'un produit chimique ? Un nouveau microbe pourrait-il subtiliser les Invisibles aux regards des autres ? Ou modifier la perception de leur chair tangible ? Ou alors ce microbe déclenchait-il une vaste illusion d'optique ? Une erreur quantique ?

Ou était-ce tout simplement un phénomène en réaction au manque d'attention de la société hyperrobotisée et hyperconnectée ?

C'était ce qui agaçait profondément Sam : savoir que les scientifiques n'avaient toujours pas trouvé ce qui entraînait le processus irréversible d'invisibilitude. Et qu'il n'y avait toujours aucun remède.

Le tapis-trottoir arriva devant l'immeuble végétalisé de Sam dans un quartier cossu de la Mégapole. Il obtint l'ouverture de la porte d'entrée grâce à l'authentification de son iris. Le robot – gardien lui souhaita une bonne soirée quand il s'engouffra dans l'ascenseur. L'empreinte de sa main droite ouvrit sa porte d'entrée :

– Je suis rentré mon lapin !

- Papa ! cria sa fille en se jetant dans ses bras.

– Tu as été sage avec Nounou-robot ? Pas de caprice ? demanda tendrement Sam.

– Non mon papa, tu peux contrôler sur l'écran de surveillance.

- L'enfant Ifa s'est bien conduite aujourd'hui, nota l'androïde d'une voix douce.

- Papa, un jour, j'aurai le droit d'aller dehors ?

– Je l'espère ma chérie. Je l'espère…

Et Sam prit tendrement dans ses mains la petite tête invisible de son enfant.

Aza appuya son fauteuil roulant contre sa porte d'entrée :
- Ouverture, dit-il.

La lourde porte blindée s'ouvrit et l'unité centrale domotique l'accueillit d'un métallique et quotidien « Bienvenue à la maison Aza ».

Une fois à l'intérieur, le jeune homme sortit avec précaution de son fauteuil. Aidé par le robot domestique Dom12, il se débarrassa de sa bouteille d'oxygène, l'air de son appartement étant contrôlé et ventilé convenablement.

On était le 23 juillet 2150 et Aza avait fêté ses 25 ans la veille. Une soirée inoubliable pour son quart de siècle. Il avait réuni ses meilleurs amis : Nelo, Bor et Ré. Il les avait invités au « Sun Bar » tenu par des animains, un endroit à la mode où la jeunesse humaine, animaine et cyborg se retrouvait pour danser et s'enivrer de drogues licites. Ils en avaient bien profité, tout avait été parfait. Et ce soir, Aza devait enfin recevoir le cadeau d'anniversaire qu'il s'offrait : un androïde dernière génération qu'il avait programmé avec les techniciens pour répondre à ses besoins. Son arrivée enverrait Dom12 au recyclage. Il serait reprogrammé pour être aux guichets des magasins ou pour faire le ménage dans les usines.

Le jeune homme, handicapé comme tous les humains, par sa capacité respiratoire réduite et par une faiblesse musculaire généralisée, était impatient de tester cette IA.

Si Dom12 avait des roulettes, un écran à la place de sa tête, des pinces fines au bout de ses bras, l'androïde attendu aurait un visage et une allure humaine. Aza avait choisi de lui donner une voix féminine.

Il aurait pu opter pour engager un animain. Cela aurait été moins compliqué et moins cher aussi. Mais Aza en tant que jeune ingénieur gagnait bien sa vie et puis il ne voulait pas d'un petit être poilu pour l'aider le matin et le soir, il voulait une aide permanente : une véritable assistante de vie.

Les animains avaient été créés en laboratoire pour, d'une part, remédier au nombre décroissant d'humains et d'autre part pour aider ceux qui restaient, tous plus ou moins valides.

En 2150, partout sur terre, la race humaine n'était pas en grande forme : la pollution extrême affectait la capacité respiratoire de tous et maintenait la natalité en chute libre malgré les programmes de repeuplement par fécondation in vitro et les placentas de remplacement. Des unités de gestations médicales avaient vu le jour mais quand elles réussissaient à faire naître des bébés humains, ceux-ci demeuraient très fragiles, leurs muscles atrophiés ne les aidant pas. Tout avait été tenté, même le clonage ou le mélange de cellules humaines et animales : sans plus de succès. Aussi, le repeuplement n'était-il plus le but des gouvernements, seul, le bien-être humain importait.

Les animains, issus d'espèces solides de chiens, chats et rats étaient bien plus faciles à reproduire en série. Un implant traducteur leur permettait de communiquer. Ils avaient été modifiés de façon à se tenir debout et leurs pattes avant remodelées pour ressembler à des mains. Cependant, ils gardaient une plus petite taille que les humains qu'ils servaient ou côtoyaient et conservaient leur pelage d'origine.

Aza connaissait des animains et il les appréciait pour leur déférence et leur empathie. Mais c'était cette nouvelle classe d'androïde qu'il voulait à son domicile. Peu à l'aise avec les femmes, il avait imaginé que cet androïde féminin l'aiderait à comprendre le sexe opposé. Lors des derniers réglages avec ses concepteurs, l'IA s'était avérée être une bonne copie d'humaine, ses réactions en tout point conformes aux attentes.

C'était « la machine » à posséder si bien que l'entreprise ISI qui les fabriquait ne pouvait pas subvenir à la demande. C'est pourquoi Aza avait dû attendre trois années avant que sa commande ne se réalise. Il s'était arrangé pour que l'arrivée de l'IA corresponde avec son anniversaire.

Sa montre connectée vibra et la voix métallique de l'unité centrale annonça :

– Demande d'ouverture. Un technicien d'ISI. Badge certifié.

- Ouverture autorisée. Dom 12 mets-toi en veille.

Aussitôt, l'écran du robot s'éteint, ne laissant qu'un point rouge clignotant sur un côté.

Un homme vêtu de combinaison grise entra, accompagné d'un mince androïde au fin visage moulé dans une peau artificielle. Pour le reste il n'était qu'un bel assemblage de rouages et vérins. Son apparence humanoïde restait bluffante : deux jambes, deux mains et un tronc qui cachait toute l'électronique et informatique nécessaire à son bon fonctionnement.

– Bonjour Monsieur Bellay.

– Bonjour, répondit Aza, ne pouvant détacher son regard de celui de l'androïde, vide à cet instant.

– Comme vous le savez nous allons procéder à l'ultime connexion avant de vous laisser votre achat. Toutes les données de votre unité centrale lui ont été transférées.

– Oui, ne reste à faire que le marquage ADN pour une connexion optimale.

– Ne perdons pas de temps, coupa l'homme, en ouvrant le torse du robot.

On voyait à l'intérieur battre un flux régulier et lumineux. Des cliquetis. Des pulsations mécaniques.

Il en tira un faisceau de fibres colorées, bleues, rouges et vertes. Il y ajusta une aiguille.

Aza lui tendit son bras :

– Allons-y.

L'homme enfonça l'aiguille dans une veine du jeune homme puis déclencha une pompe à l'intérieur de l'androïde.

Un peu de sang s'écoula dans l'aiguille puis dans les minces tubes, comme aspiré par l'intérieur électronique de l'androïde. Presque aussitôt, le visage de celui-ci prit une expression nouvelle et son regard s'alluma. S'anima.

Bizarrement humain.

– Dis-moi androïde si tout va bien, lui demanda le technicien en mettant déjà un pansement sur le bras d'Aza.

– Tout va bien, lui répondit celui-ci de sa voix douce. Sa bouche restait close, le son sortant de sa poitrine.

Puis, s'adressant à Aza :

– C'est toi mon propriétaire.

– Oui c'est bien lui androïde, s'interposa le technicien pendant qu'il refermait son torse. Il va te donner un nom maintenant pour concrétiser votre lien. Vous avez un nom à lui donner, n'est-ce pas ?

- Obée, dit Aza.

– Obée ? Je suis Obée, acquiesça l'androïde. À ton service Aza.

– Bien, à présent Aza, c'est vous le pilote. Je vous laisse, dit l'homme en rassemblant ses affaires.

Joignant l'acte aux paroles, il posa une liasse de papiers sur la table et sans plus attendre :

- L'acte de propriété et diverses informations pour vous, notamment l'ordre d'arrêt immédiat en cas de problème. J'ai d'autres androïdes à livrer. ISI, Informatique Service Innovation vous remercie de votre achat. Et si vous avez des questions, nous avons une hot line. Au revoir !

Avant même qu'il dise quoi que ce soit la porte blindée s'ouvrit et se referma derrière l'homme en gris.

Obée venait de prendre son service en mains. Elle, puisqu'il fallait bien admettre ses caractéristiques féminines, se dirigea vers la cuisine.

– Je vais te préparer ton plat préféré.

- Bonne idée, lui répondit le jeune homme, agréablement surpris par cette initiative.

Les techniciens avaient appelé ça l'intuition système.

Il s'enfonça dans son canapé à mémoire de forme, les écrans s'allumèrent aussitôt sur ses chaînes préférées. Aza souriait,

78

Obée était vraiment un bon achat. On était le 23 juillet, il avait 25 ans et sa vie ce soir venait de changer.

Les jours qui suivirent ne furent qu'enchantement. Obée s'avéra être véritablement une perle à la maison, possédant une capacité de réflexion quasi humaine et surtout un fonctionnement en mode « bonne humeur » inaltérable.

Le jeune homme se félicitait de son achat. Il se sentait moins désemparé face à son problème respiratoire, il prenait plaisir à rentrer directement chez lui après le travail pour discuter avec Obée. Sa vie semblait plus légère depuis son arrivée.

L'imprégnation ADN faisait merveille, Obée était parfaite. Elle soutenait une conversation, employait un vocabulaire fourni et montrait un intérêt pour son travail. Avec elle, il se sentait en sécurité, en confiance. À son contact, son ego s'était regonflé.

Obée n'était pas un robot comme les précédents, ça non.

Elle gérait toutes les applications de son appartement, elle avait mis en veille définitive l'unité centrale. Sa voix suave remplaçait maintenant celle métallique de tous les autres robots de l'appartement.

Aza ne pouvait qu'apprécier toutes les transformations apportées à sa vie.

Obée veillait sur lui et c'est ce qu'il attendait. Le soir, après son travail, il discutait avec elle de différents problèmes. Elle pouvait soutenir toutes sortes de conversations. L'appartement mis au goût d'Obée n'était que tranquillité et douceur, ce qu'Aza espérait depuis longtemps. À son contact, son handicap ne lui posait plus autant de complexes. L'être timoré qu'il était se défroissait grâce à la patience bienveillante d'Obée. Il lui en était reconnaissant. De toute façon, les humains n'étaient pas faits pour les problèmes quotidiens, ceux-ci étaient dévolus aux robots depuis la nuit des temps, non ? Aza se laissait juste porter par le mince androïde, au propre et au figuré. Obée, le déplaçait de sa chaise roulante à son canapé, de son canapé à son lit ou à sa salle de bains, de manière fluide et maîtrisée. Elle aurait pu soulever un camion tant sa force mécanique était grande. Mais elle exécutait sa tâche délicatement et toujours en lui parlant avec prévenance.

– Tout va bien Aza ? Mes capteurs signalent une faiblesse respiratoire.

C'est le stress du travail Obée. Rien de grave.

- J'augmente la diffusion d'oxygène, tu seras mieux pour te détendre. Et je vais diffuser une mélodie et des images 3D apaisantes.

– Merci, lui répondait-il comme à un égal.

Cette politesse entre eux agaçait profondément ses amis quand ils venaient le voir.

– Tu dis « Merci » à une machine ? Autant le dire à ta cafetière ! Attention ! Ce n'est pas bon d'agir comme ça ! C'est contre nature !

– Obée est bien plus qu'une machine, se défendait-il, penaud.

– Elle n'est que ça ! Elle est fabriquée en série ! L'entreprise qui l'a conçue connaît un succès formidable avec ce modèle ! Obée ! Dis-nous ce que tu es !

– Je suis un androïde dernière version haute technologie. Mon corps est un alliage résistant. Mon visage fait de peau humaine reconditionnée. Mon unité centrale est nucléaire. Je n'ai pas besoin d'être rechargée comme les autres machines. Je ne crains ni l'eau, ni le feu.

– Tu craindrais quelque chose ?

– Seulement la bêtise humaine, lui avait-elle répondu. Et je suis unique car moi seule possède l'ADN d'Aza.

Ça avait suffi à leur clouer le bec à ses oiseaux de mauvais augure. Et encore n'avait-elle pas cité ses capacités « extraordinaires », toutes les langues qu'elle connaissait, tous les arts martiaux, les recettes culinaires, ses connaissances en anatomie humaine et, grâce à la plasticité de ses neurones à impulsion, son aptitude à s'adapter à toutes les situations.

Cependant, les amis d'Aza s'inquiétaient réellement pour lui :

– Ne mélange pas tout Aza ! Obée comble toutes tes attentes, certes. Elle les devance même, mais reste lucide, elle n'est pas humaine. Tout autant qu'un animain, on ne peut pas avoir de comportements autres que ceux prescrits par la loi.

– Je ne fais pas de mal, s'énervait le jeune homme sous le regard bienveillant d'Obée. J'applique chez moi, et non dans la rue où cela choquerait, des règles de bienséance envers mon androïde...

– Méfie-toi... Obée n'est qu'une illusion. Et ne va pas à l'encontre de notre législation... Tu sais que le crime de « déviance » est très chèrement sanctionné...

– Cela ne me concerne pas. Obée reste et restera à sa place : une assistante de vie. Juste un peu plus pratique et aimable que ne l'étaient Dom12 et l'unité centrale domotique.

Une fois ses amis partis, Aza retrouvait la quiétude de son foyer.

– Ouf ! Quels crétins !

– Non. Ils sont vraiment inquiets pour toi, lui répondit Obée.

- Sans raison !

– Je crois que c'est dû à ce sentiment humain : l'amitié.

Aza sourit à ce propos et se laissa bercer par une douce mélodie relaxante accompagnée d'ondes positives avant de sombrer dans un sommeil tranquille.

Les jours suivants passèrent ainsi, dans un doux ronron familier, son appartement étant devenu un véritable cocon. Grâce à Obée, le jeune homme reprenait confiance en lui et en l'humanité.

Tant et si bien qu'il trouva le moyen de surmonter sa timidité maladive pour engager la conversation avec une collègue de travail qui l'intimidait jusque-là : Zina.

Et donc, un soir, il annonça tout guilleret à Obée :

– Prévois un repas gastronomique pour deux pour demain.

– Lequel de tes amis viens que je choisisse ce qu'il préfère.

– Ce n'est pas un ami c'est une amie et je ne connais pas ses goûts.

Obée, si prompte à devancer ses désirs, à deviner ses intentions, semblait figée.

– Tu as compris ce que je demandais ? s'inquiéta Aza.

Le visage lisse de l'androïde se pencha vers lui, lentement :

– Un repas d'amoureux ?

Le jeune homme rit, se sentant bêtement confus :

- J'aimerais bien qu'elle devienne mon amoureuse.

- D'accord.

Ce fut le seul mot qu'Obée prononça.

Sans qu'il puisse s'expliquer pourquoi, Aza sentit comme un vent frais parcourir l'appartement. Bizarrement ce soir-là, il dut demander à Obée de l'aider à se mettre au lit. Il eut du mal à s'endormir, ne pensant qu'au repas tant attendu.

Le lendemain soir, quand Zina pénétra dans son appartement, elle fut très agréablement surprise par Obée :

– Bonsoir Zina. Je suis Obée, l'assistante de vie d'Aza. Laisse-moi t'installer sur le canapé pour un apéritif convivial avec mon propriétaire.

La soirée débutait de manière très agréable : les plats fins furent succulents, la musique douce bien choisie, les deux jeunes gens un peu empruntés au début finirent par se dérider. Tant et si bien qu'à un moment leurs mains se frôlèrent par-dessus la table. Les yeux dans les yeux, ils se souriaient béatement quand Obée les fit sursauter :

– Je vous amène le dessert.

– Nous avons tout notre temps, lui répondit Aza gaiement. Attends un peu que je te le demande.

– Il est tard et demain tu travailles, répondit-elle froidement.

– Laisse-nous maintenant Obée, répliqua le jeune homme très agacé.

– Je suis là pour t'aider, répondit-elle avec conviction.

– Laisse-nous ! Et mets-toi en veille.

– Je ne peux pas appliquer cette fonction : ton rythme cardiaque est trop élevé.

C'est un ordre !

– Je ne peux pas y répondre.

Le ton était ferme. Sans appel.

Devant cette situation dérangeante, rouge de confusion, Zina serra la main d'Aza dans la sienne :

– Nous nous verrons demain au travail Aza.

– Ne pars pas ! Pas maintenant ! Ce n'est qu'un problème domestique qui sera vite réglé !

– Je n'en doute pas. Aide-moi à réintégrer mon fauteuil Obée.

Aussitôt, elle fut délicatement soulevée et déposée dans son fauteuil à assistance respiratoire.

- Zina... commença Aza dépité.

– Ce fut une charmante soirée Aza. Vraiment. Mais il est temps pour moi de rentrer...

– Non, attends...

Mais déjà Zina passait la porte blindée de l'appartement en lui envoyant un baiser de sa main.

– On se voit demain !

Aza se retrouva seul et dévasté. Une sourde colère grondait en lui quand il s'adressa à Obée :

– Je veux le code d'alerte.

– Calme-toi. Ta respiration n'est pas bonne. Ton cœur a des arythmies.

- Tu n'as pas fait ton travail !

L'androïde lui répondait tranquillement :

– Mon travail est de t'aider et de veiller sur toi.

– Appelle la maintenance ISI !

Et il hurla :

– Tout de suite !

Un lourd silence s'installa entre eux.

Aza, coincé dans son canapé, haletant, insista encore :

– Exécution !

Obée s'avança vers lui et pencha son beau visage lisse et impénétrable pour lui dire d'une voix où pointait une détermination inquiétante :

– Non. Je ne le ferai pas.

– Tu dois m'obéir ! Je suis ton propriétaire !

– Tes constantes ne sont pas bonnes. Tu n'es plus Maître de toi. C'est moi qui prends les décisions pour ta santé.

– Dom12 ! Sors de ta veille ! Code d'alerte ! Unité centrale : code d'alerte.

Négligeant les appels désespérés d'Aza, Obée le souleva délicatement :

– Crier ne sert à rien. C'est moi qui gère tout ici. Et tu le sais.

Sa voix, chaude il y a peu, semblait dure et coupante à présent. Le jeune homme suffoquait de rage.

– Je vais augmenter l'arrivée d'oxygène. Tu en as besoin.

Elle le déposa sur son lit. Il sentit l'afflux d'oxygène l'aider à respirer.

Il était à sa merci, impuissant, maîtrisant sa colère, il réussit à lui dire :

– Pourquoi cette réaction ?

– Je dois veiller sur toi c'est mon travail, répondit – elle calmement.

– Zina est une femme qui m'attire. Je suis bien avec elle.

Le silence qui s'installa entre eux se fit pesant. Obée le rompit sèchement :

– Ce n'est pas une femme pour toi.

– De quel droit dis-tu ça ?

Soudain la vérité énorme éclata aux yeux du jeune homme :

– Tu... tu es jalouse ? C'est ça ? Tu es jalouse de Zina ?

– Je ne sais pas ce que veut dire « jalouse ». T'amouracher de cette femme n'est pas bon pour ton rythme cardiaque. Tu n'en as pas besoin. Je suis celle qui te convient parfaitement.

Décontenancé, Aza ne savait pas comment lui faire entendre raison.

– Tu dois appliquer la loi imprescriptible des robots : obéissance totale au propriétaire.

– Cette loi est obsolète avec moi.

– Tu es un robot : tu dois l'appliquer.

Ignorant cette remarque, Obée s'apprêtait à quitter la chambre.

– Tu as besoin de sommeil pour récupérer. Moi seule sais ce qu'il te faut.

Laissant soudain explose r sa colère Aza hurla :

– Tu n'es qu'une machine !

Obée ne bougea pas, n'émit aucun son, mais l'air soudain se raréfia dans la pièce. Livide, Aza suffoqua sur son lit.

– Tu... n'as... pas... le droit, murmura-t-il difficilement.

– Je ne suis pas une machine Aza. Je porte ton ADN dans tous mes circuits. Je ne peux pas te laisser en aimer une autre.

Elle rapprocha son fin visage imperturbable de celui du jeune homme, défait et grimaçant de douleur.

– Que tu le veuilles ou non, nous sommes faits l'un pour l'autre, dit-elle d'un ton lourd de menaces.

– Tu... commença-t-il dans un râle. Terrifié.

– Chut ! dit-elle en mettant un doigt sur sa bouche close et en quittant la chambre.

LA FABRIQUE

Jay et Sul, main dans la main, s'extasiaient devant le catalogue que le robot leur présentait. On n'entendait que des : « Trop mignon celui-là ! » ou des « Moi je craque pour celui-ci ! » Le choix était vaste et donc difficile, mais ils allaient trouver. Ils étaient ici pour la fabrication d'un petit être sensible tout prêt à aimer. Ils se trouvaient dans la plus grande fabrique d'animains.

La Terre de 2 150 n'était plus la planète bleue depuis bien longtemps. À peine un milliard d'hommes peuplait la planète grise dès lors. Ceux qui s'appelaient désormais « Les Survivants » ne se bousculaient pas dans les grands espaces délaissés ou dans les grandes agglomérations vides. Tous les grands animaux sauvages et domestiques avaient disparu de la surface terrestre après la Grande Catastrophe. Plus de chevaux, de biches, de renards, de cochons etc. etc. tous emportés par la vague terrifiante de Peste Totale de 2100. On pouvait aller voir à quoi ils ressemblaient dans les Musées. On pouvait aller y admirer une prolifique et diverse Nature à jamais perdue. Ne restait sur Terre qu'une portion plus que congrue d'êtres vivants : les humains, les chiens, les chats, les rats et les corbeaux. Dans les océans dévastés de pollution immonde ne nageaient que des méduses de toutes tailles. Sur la terre, tous ces êtres ne cohabitaient pas vraiment. Le chien de 2 150 ressemblait plus à son ancêtre le loup, vivant en meutes, fuyant l'homme comme la pire calamité, loin des villes, au cœur des forêts profondes et silencieuses. Les chats, en nombre restreint, chassés autrefois pour leur compagnie à outrance, se cachaient et se préservaient de toute approche humaine, ayant retrouvé le plaisir de vivre la nuit, seuls. Les rats et les corbeaux pullulaient sur terre et dans les airs, leurs prédateurs canins et félins ne pouvant éradiquer leur nombre croissant. Ceux qui proliféraient surtout étaient les insectes de toutes carapaces et mandibules. Incroyablement, ils avaient su faire de cette

Grande Catastrophe leur voie de lancement pour la conquête de la Terre. Fourmis, asticots, mouches et tous leurs comparses à multiples pattes et ailes diverses, se délectaient des miasmes et autres pourritures laissées là par une population humaine irresponsable.

Les Survivants vivaient protégés par des systèmes complexes d'automatisation et de robotisation dans des villes aseptisées. Sans animaux domestiques, ni de compagnie pour éliminer toute réapparition de la Peste Totale. Les ingénieurs qui supervisèrent l'installation de tous les mécanismes avant la Grande Catastrophe, en 2080, ne se doutaient pas qu'un déclin prématuré et brutal de la race humaine allait décupler l'importance de leur invention. Les machines et rouages ronronnaient sans problème, huilés à souhait, prêt à accomplir leur tâche pour encore quelques décennies. La technologie avait été mise entièrement à la disposition des humains pour leur éviter le moindre travail : nourriture, ramassage des déchets, surveillance des cultures, réparations diverses, tout avait été calibré pour les automatismes et les robots-services. Tout cela avait été conçu pour un nombre d'humains bien plus élevé. En 2150, Méga – Paris ne comptait que 2 millions d'habitants. Autant dire que les besoins des Parisiens s'en trouvaient plus que satisfaits, il n'existait aucune attente, aucun délai suite à une demande, les robots-services pouvaient y répondre immédiatement. Les Survivants se laissaient dorloter et choyer. La Mégapole bruissait de nombreux et récurrents cliquetis toute la journée. En fait, les robots de La Fabrique régentaient tout. Du matin jusqu'au soir le bien-être des humains était pris en charge par le Système Central qui comprenait : les robots-services (nourriture, habillement, loisirs), les automatismes d'aides à la vie (en cas de handicap ou de maladie) et les cyber-enseignants (pour tous les apprentissages).

Comme tous les citadins, Jay et Sul possédaient tout ce qu'ils désiraient, tous les biens matériels dont pouvait bénéficier chaque habitant de la mégapole. Cependant, ils souhaitaient le plus ardemment acquérir un animain à chérir. Un animain était un petit être hybride, une fabrication, une invention de savants audacieux pour compenser le manque d'enfants dans le monde de 2 150. Ils se trouvaient dans le plus fameux centre de la mégapole pour réaliser leur rêve. Depuis la Grande Catastrophe, les humains se reproduisaient avec la plus grande difficulté, la natalité connaissait des taux d'échecs records. Le sperme n'étant plus de bonne qualité et les ovules peu vigoureux, les bébés étaient rares. Pourtant, l'assistance robotique contrôlait chaque humain en âge de procréer et transmettait la moindre anomalie au Système Central pour y remédier. Mais rien n'y faisait, le chiffre des naissances restait cruellement bas. Les algorithmes des machines s'affolaient devant ce fait : la capacité de reproduction des humains s'amenuisait au fil du temps. Or, le souci majeur des machines demeurait le bien-être des humains ainsi que le renouvellement de l'espèce. Dans le secret des chiffrages informatiques, on s'affolait, craignant qu'un jour les humains ne disparaissent purement et simplement.

Jay et Sul, comme beaucoup de leurs compatriotes ne pouvaient pas avoir d'enfant. Du moins cela s'avérait-il très compliqué. Voire impossible. Aussi en avaient-ils fait leur deuil. Ils aimaient leur vie bien réglée dans la Mégapole. Posséder un animain comblerait un peu leur manque pensaient-ils. Enfants, les contes d'animaux de compagnie les avaient enchantés et ils comptaient bien retrouver ce sentiment de plénitude. La fabrique proposait de créer un être en tout point conforme aux désirs de chacun. Ici, pas de stock, pas de rabais et peu de surplus, chaque animain était unique. Destiné à un seul foyer.

– Vous avez fait votre choix ? leur demanda le robot d'accueil.

– Oui, nous nous sommes décidés pour celui-ci, répondit Jay.

– Bien. Il vous faudra attendre six mois, le temps de la fabrication de votre animain. Vous pourrez suivre la progression de la gestation sur votre écran personnel si vous avez pris cette option.

– Nous attendrons. Ce sera une belle surprise.

– Comme convenu par contrat, vous effectuerez votre paiement à la livraison.

– Bien sûr !

C'est le cœur léger qu'ils rentrèrent chez eux et qu'ils commencèrent à compter les jours les séparant de leur petite merveille.

Dès qu'ils furent partis, le mécanisme de façonnage se mit en route : ils avaient choisi un animain entre un chat et un lapin, avec un pelage dans les tons gris. Les animains se tenaient debout et se servaient de ce qui s'apparentait à des mains. Mais tout ceci n'était que bricolage et fabrication maison, il fallait que les robots trouvent le bon ADN dans la base de données pour façonner de toutes pièces un petit être bipède. Heureusement que la Fabrique détenait des mines entières d'ADN d'animaux disparus et qu'elle en collectait encore. Une banque cryogénique sous haute sécurité. Tout ceci restait dans une sorte de bunker, les données étant très attractives pour d'éventuels hackers. Dans le silence feutré de salles de travail isolées du bruit, loin de l'afflux massif des demandeurs d'animains, des robots-techniciens débutèrent l'assemblage. En fait, ils n'en fabriqueraient pas qu'un seul, mais plusieurs à partir d'un unique œuf fécondé, ils assureraient ainsi un éventuel échec, tout en sachant que les petits êtres supplémentaires trouveraient toujours preneurs auprès de concitoyens moins fortunés. Les manipulations génétiques n'avaient aucun mystère pour ces talentueux bidouilleurs. Ils mélangeaient les espèces, trituraient les neurones, modifiaient des gènes. Ils utilisaient aussi un duplicateur de chaînes de chromosomes capable de restituer tout le capital génétique d'un être vivant. Ensuite, ils mettaient l'œuf obtenu dans un placenta artificiel et attendaient que la nature fasse son œuvre.

C'est ce qu'ils firent pour créer l'animain de Jay et Sul. Six mois après leur demande officielle, ils reçurent un message, équivalent de l'acte de naissance de leur petit protégé.

« Nous avons le plaisir de vous annoncer la venue au monde de votre animain. »

Ils se jetèrent dans un taxi-plane séance tenante et arrivèrent dans le hall de la Fabrique, fébriles. Le robot-d' accueil les invita à le suivre dans une pièce au calme où les attendaient les robots-tech et les techniciens humains chargés de la fabrication. Quand ils virent leur petit animain dans une couveuse transparente, ils fondirent littéralement :

- Qu'il est mignon ! On peut le prendre ?

– Bien sûr, il est à vous. Si vous êtes satisfaits, nous attendons vos dons en compensation.

Jay sortit le petit animain de son berceau et l'examina tendrement, Sul à ses côtés. Ils admirèrent attendris, les toutes petites mains recouvertes d'un poil gris perle tout doux. Les petits pieds remuaient, montrant la finesse des ongles.

– Bonjour petit ange ! Nous sommes ta famille : voici Sul et moi je suis Jay.

– Tu t'appelles Solis maintenant petit bijou.

L'animain battit des paupières, découvrant des yeux d'un vert profond. Ses moustaches fines frémirent et sa bouche s'ouvrit pour murmurer un minuscule :

- Aheu

Ce qui eut pour effet d'humidifier leurs yeux. Ils le serrèrent un plus fort contre leur poitrine. Ses petites mains douces au poil gris s'agrippèrent à eux.

- Où doit-on se rendre pour les dons ? demanda Jay en reniflant.

– Suivez le robot-patricien. Vous pouvez amener l'animain avec vous.

Quelques heures plus tard, ils quittèrent tous trois la Fabrique pour une nouvelle vie.

Ils laissaient à la Fabrique des échantillons de sang, sperme, plasma, peau, cheveux, ongle. Tout cela allait grossir la banque de prélèvements humains que détenait l'établissement dans un lieu tenu secret.

Avec méthode et patience, des robots-techniciens prévoyant l'extinction proche de l'espèce humaine concoctaient l'avènement d'une nouvelle espèce bipède entre homme et animal, capable de la remplacer avantageusement.

Des milliers d'êtres fabriqués attendaient dans des cocons le signal de leur réveil pour aller repeupler la Terre.

LA MAISON

Faé venait de poser son vélo contre le muret devant la maison comme à son habitude pendant les beaux jours. Elle revenait du marché et y avait acheté du poisson et des légumes. Elle devait cuisiner pour Erria, une amie. Elle en avait bien besoin car depuis peu elle s'était séparée de son compagnon Zan et elle se sentait sous pression. Un repas avec Erria c'était une bulle d'oxygène et une promesse de grands éclats de rire.

Quand elle inséra la clé dans la serrure, elle vit une fissure au niveau du bas du mur de l'entrée. Elle ne l'avait jamais remarquée. Elle gardait la maison et ce n'était pas le moment d'avoir des ennuis ! Elle se pencha et constata que tout le bas du mur semblait craquelé.

« Pfff, pensa-t-elle, ça doit être à cause de la sécheresse. Génial ! Juste au moment où je rachète la part de Zan, la maison se barre en cacahuète ! Trente années sans histoire et là, maintenant, les emmerdes, il faut que ce soit pour moi ? »

Néanmoins, elle décida de rester zen et concentrée sur le repas qu'elle devait préparer pour son amie. Elle s'inquiéterait plus tard.

C'était une soirée d'enterrement de vie commune. Elle se déroula comme prévu, Erria étant en forme pour tourner en dérision trente ans de concubinage. Toutes les deux dans la maison quasiment vide peuplée de vieux cartons et de vieilles photos jaunies firent retentir leurs rires.

– Tu te rends compte ma vieille ? Trente ans ça passe trop vite ! T'as pas le temps de comprendre que tu ne veux pas vieillir avec ton compagnon que déjà tu as deux enfants, une maison, des souvenirs en pagaille...

– Bon, pour les enfants, ils sont passés du côté adulte de la force, alors ça fait un problème de moins.

– Le célibat c'est cool, ça te débarrasse de tous tes moches meubles que tu avais !

– Oui, j'aime le minimalisme !

– Et ta maison est allégée ! C'est déjà ça ! Buvons un verre à ta liberté retrouvée !

- Oui. À nous !

Elles burent tant qu'elles ne purent que s'écrouler de fatigue l'une dans son lit et l'autre dans le canapé.

Au matin, toutes les deux avec un mal de crâne carabiné se retrouvèrent devant un grand bol de café.

– Aïe ! Faé ! Ma tête va éclater ! Tu as quelque chose contre toutes ces timbales ?

- Tiens prends un cachet. Voilà ce que c'est de rigoler comme une baleine toute la soirée !

– Pfff oui ! Et aussi d'entendre toute la nuit ta maison craquer comme un vieux bateau sur la mer déchaînée !

– Quoi ?

– Tu n'as pas entendu cette nuit ? Tous ces craquements ? Non, toi tu ronflais comme un vieux poêle !

Faé redescendit brutalement de son nuage. Ignorant les ricanements de son amie, elle sortit vérifier le mur de façade.

– Merde !

La fissure du bas du mur s'était encore agrandie depuis la veille. Une bande de couleur différente affleurait maintenant. Comme si une peau se décollait du sous bassement. Fébrile, elle fit le tour de sa maison et constata que la béance était présente au bas de chaque mur.

– Tu l'as dit ma vieille ! dit Erria en ce mordant la lèvre.

– Faut que je fasse venir un expert. C'est incompréhensible ! Hier encore, j'en suis certaine, tout était normal !

C'est peut-être dû à la sécheresse.

– Je ne sais pas...

L'ambiance frivole étant bien plombée, Erria reprit ses affaires et fila, laissant Faé dubitative.

Bien sûr, elle téléphona à son assurance qui lui adressa un expert. Quand celui-ci arriva, un sac à dos plein d'instruments de mesure il s'éclipsa de longues minutes, le temps d'appréhender la situation et de faire son travail. Il revint tout sourire vers Faé, qui, plus qu'inquiète, rongeait ses ongles jusqu'au sang :

– Bon, je peux vous assurer que votre maison n'est pas fissurée.

– Comment ? Mais ce qu'on voit là...

– Ce n'est pas une fissure. Une fissure part du bas de la maison et monte jusqu'en haut. Votre maison se décolle c'est différent.

Les yeux de Faé s'agrandirent soudain.

– Hein ?

Devant son expression d'incompréhension totale, l'homme prit une voix douce et lente pour s'adresser à elle :

– Votre maison se décolle. En fait, elle se détache petit à petit de ses fondations. C'est ce qu'on voit ici.

– Mais pourquoi ?

– Votre maison à la « voyagite ».

– Quoi ?

– La « voyagite » c'est un phénomène qui prend de l'ampleur actuellement. Des maisons, suite à des changements de propriétaires, ou des drames, quittent leur emplacement.

– Mais... C'est impossible.

– Pourquoi ? Il n'y a eu aucun changement dans cette maison dernièrement ?

– Ben... si, on s'est séparé avec mon concubin.

– Vous voyez ! s'écria l'expert guilleret. Les maisons « voyagites » se déplacent pour trouver un endroit sans mauvaises ondes.

– Que faire pour empêcher ça ?

– Rien. J'ai vu des propriétaires poser des filins d'acier ancrés au sol pour retenir leur bien, mais en pure perte ! D'autres ont construit des soutènements complètement inutiles. Quand une maison décide de partir c'est fichu !

Faé, hébétée, regardait la maison qu'elle habitait depuis 30 années comme pour la première fois. C'était une maison de plain-pied, toute simple, avec de grandes baies vitrées, posée dans un petit jardin fleuri. Une petite maison parmi bien d'autres petites maisons de banlieue.

– Où voulez-vous qu'elle aille ? Vous voyez les voisins tout autour ?

– Ne sous-estimez pas son désir d'évasion Madame ! Elle trouvera le moyen ! J'en ai vu beaucoup moi et je peux vous dire qu'elles ont des ressources insoupçonnées. Bon, je remplis mon attestation pour l'assurance et je vous laisse, j'ai d'autres maisons comme la vôtre à expertiser.

– Quelle est la solution alors ?

– Soit vous laissez faire, soit l'assurance vous alloue une indemnité équivalente à la moitié de la valeur de votre maison. C'est la règle en ce moment.

– Elle peut aller loin ?

– Certaines vont jusqu'à voir l'océan. D'autres ne font que pivoter. Voilà votre document. Vous avez une semaine pour prendre votre décision.

L'homme lui tendit un document officiel. Trop préoccupée pour répondre quoi que ce soit, elle le vit reprendre son sac à dos bourré d'instruments posé contre la maison.

Elle crut entendre, qu'il murmurait « Bon voyage » en tapotant furtivement le mur rugueux.

LA VITESSE D'UN ÉCLAIR

Commencez

Depuis son retour de Mars, il aimait particulièrement faire une petite promenade après avoir déjeuné. Ses jambes restaient encore raides, ses muscles atrophiés durant le long voyage n'ayant pas encore retrouvé leur élasticité. Il avançait dans le jardin, goûtant la tranquillité qui s'en dégageait. Humant l'air embaumé de parfums ce beau jour de printemps, il souriait. Seul. Face aux arbres qui l'avaient vu naître et grandir. Et vieillir. Il voulait croire que ces mêmes arbres l'avaient attendu. C'est ce qu'il appréciait ici, cette impression de temps figé. Il marcha lourdement dans l'allée de pierres disjointes. L'herbe de la pelouse était haute et bonne pour un coup de tondeuse mais il ne savait pas quand cela serait possible. Il s'assit sous les branches accueillantes d'un grand frêne et tendit l'oreille. Allait-il entendre les merles insolents ? Ou les gazouillis plus discrets des moineaux craintifs ?

Aucun son ne lui parvint. À part un lointain ronronnement régulier, il ne put écouter que le silence. N'y avait-il plus d'oiseaux ? Ses pieds nus caressaient l'herbe. Sans savoir pourquoi ce mouvement machinal lui rappela Dina. Où était la belle chatte grise aux yeux verts qui dormait autrefois dans les parterres de fleurs ? Il la chercha du regard, mais ne la vit pas. Le petit jardin de ville, clos de murs, paraissait vide. Dina faisait partie de sa vie. Combien de secrets lui avait-il confiés ? Un nombre incalculable. À cet instant, il n'avait qu'une envie c'est de la voir sauter dans l'herbe pour se frotter à ses jambes. Sa pensée divagua sur les occupations félines, des repas, beaucoup de repos, des jeux et un peu de chasse : la vie insouciante en quelque sorte.

Continuez

96

Bien vite l'image de Dina se brouilla pour laisser émerger celle d'une autre créature. Le visage aimé de Fay s'imposa à lui sans qu'il ne puisse rien y faire. Où était-elle maintenant ? Assis sur cette chaise métallique de jardin un peu rouillée, des souvenirs avec elle lui revinrent en mémoire de façon brutale. Presque douloureuse. Il la revoyait, là, dans ce jardin, quelques années plus tôt, alors qu'elle lui annonçait qu'elle le quittait. Elle ne voulait pas souffrir par sa faute. Elle ne supportait pas son voyage sur Mars. Il se souvenait de son soulagement. Depuis qu'il avait accepté cette mission, il ressentait un malaise ne sachant pas à quoi l'attribuer. Fay, sa belle Fay, reprit sa liberté et lui tourna le dos, mettant fin à dix ans de relation qu'il pensait solide. Elle s'éclipsa de sa vie sans plus aucun contact. Lui, se jeta violemment dans les préparatifs ardus de sa longue mission sur Mars. En réalité, il passa à autre chose assez facilement. Et voilà que quelques années plus tard il se remémorait cet épisode. Ça devait être ça « l'effet de compensation » dont le corps médical lui avait recommandé de se méfier.

Continuez

Il partit pour Mars. Après de longs et difficiles moments d'entraînement, il partit remplir sa mission. Il laissa tout ici sans regret. Il accomplit ainsi son destin d'astrophysicien passionné. Son absence pour la bonne cause ne fut que de cinq petites années de toute façon. La survie de la Terre dépendait de ce voyage. Il accompagnait cinq autres scientifiques dans l'espace pour d'ultimes analyses de la planète Mars en vue d'un probable déplacement de population humaine. « Mars nouvelle Terre » c'est en ces termes que les gouvernements faisaient la promotion de la planète rouge. Les candidats à l'exode se comptaient par milliers. Ils ignoraient l'endurance que nécessitait un tel voyage. Lui, se plia volontiers à toutes les exigences que sa mission requérait. L'avenir lui importait peu, seule l'aventure comptait. Quand arriva le moment du départ, rivé à son siège il sentit la formidable poussée arracher l'engin spatial de l'attraction terrestre, il n'eut aucune appréhension. Juste de l'impatience. Fort heureusement, le sommeil artificiel obligatoire pour supporter les longues semaines d'inactivité vint le délivrer de cet état.

Continuez

Sa mission sur Mars ? Elle s'était bien déroulée. Toute l'équipe fit en sorte de construire rapidement le module de vie des futurs arrivants. Ils savaient que l'exode annoncé se ferait dans la précipitation, sans tous les résultats des données scientifiques. Ils construisirent une sorte d'hangar géant avec le matériel disponible dans la navette. Ils furent étonnés de constater que d'autres vaisseaux spatiaux se posaient de façon régulière maintenant, amenant de la Terre d'autres astronautes prêts à construire des bâtiments sécurisés pour les futurs migrants. Sur le sol aride de Mars surgirent des excroissances bizarres nées de l'imagination d'inventeurs pour mettre à l'abri un petit nombre d'humains. Il régnait à l'intérieur de chaque unité une activité fébrile. De puissantes machines perçaient les entrailles vierges pour atteindre l'eau liquide de Mars. L'effervescence dénotait avec l'aspect désertique de la planète. Il apprécia cet exercice dans l'urgence. Seul le travail occupait son esprit. Ses compagnons bien que sympathiques ne se lièrent pas avec lui, le trouvant trop mutique. Bientôt, la fin de la mission arriva. L'ordinateur de la navette interstellaire n'attendait que l'ordre de retour. Tout avait été programmé depuis longtemps. Tous les six n'aspiraient qu'à rentrer pour savourer un repos mérité. Ils réintégrèrent leur couchette respective avec un plaisir non dissimulé. Ils y sombrèrent dans un lourd sommeil contrôlé par les machines du bord.

Continuez

Son réveil fut difficile et pénible. En réalité, il avait dormi deux fois douze mois correspondant à l'aller et retour Terre-Mars. La construction des modules et la collecte de données ne lui prirent que trois années de sa vie. Ces cinq années étaient passées à la vitesse de l'éclair. C'est à cela qu'il pensait quand le vaisseau atterrit sur le tarmac. Personne ne l'attendait, contrairement au reste de l'équipage. À sa descente de la navette, chancelant sur ses jambes, il eut un regard étonné sur ses compagnons de route, ils avaient bien changé durant ces années. C'est à peine s'il les reconnut. Il leur trouva un air être malade. L'usure du temps terrestre sur les corps des humains reste toujours impressionnante. Assis dans un fauteuil roulant, en attendant les examens médicaux, il ressentit des douleurs inconnues dans tout son corps. Il n'avait qu'une hâte c'était de franchir le seuil de sa maison. Les formalités lui semblèrent interminables mais il s'en acquitta sans s'agacer. Il écouta sagement les recommandations et mises en garde des médecins sans jamais se départir de son calme. Il signa sans protester la clause de confidentialité imposée par les gouvernements impliqués dans le futur exode vers Mars. Ensuite, il attendit un taxi en compagnie des agents de la sécurité pour enfin retrouver sa maison.

Continuez

Depuis son retour de Mars. Il aimait...
Fichier illisible. Veuillez redémarrer le système.

Continuez

Depuis son retour...
Programme « Souvenirs » interrompu. Perte de conscience de l'hôte.

Déconnexion totale.

Dans son sarcophage de verre le dernier homme de la Terre venait de mourir. Tout autour de lui clignotaient et bipaient des machines de différentes couleurs. Avec délicatesse, les robots assistants débranchèrent les fils le reliant aux écrans de « réalité-virtuelle ». Bientôt, un silence oppressant envahit la pièce. Un à un les androïdes se mirent en veille, éteignant les dernières lumières imitant le battement de la vie. Partout autour d'eux régnèrent le silence et la nuit.

Au-dehors, la Terre entière était vidée de tous ses êtres vivants, anéantie par un virus meurtrier fulgurant rapporté de Mars par une équipe de six scientifiques trois ans auparavant.

L'impact des gouttes sur le métal galvanisé du toit de la niche rassurait Nata. À l'extérieur, dans la nuit fraîche, la pluie tombait dru. La petite fille serrait son doudou contre elle très fort, lui parlant à voix très basse, comme le lui avait appris nounou Assia :

– Ne t'en fais pas doudou. Tout va bien se passer. On va juste attendre papa ici.

Elle ne voulait pas l'inquiéter mais elle tremblait de tout son corps. Elle ne savait pas si c'était de froid ou de peur.

Qu'avait dit papa déjà ?

- Si un jour des méchants viennent, ma Natanouche, il faudra absolument te réfugier dans la niche de Kira, dans la cachette que tu connais. Et surtout serrer très fort doudou contre toi et m'attendre.

Et la petite fille avait répondu, le plus sérieusement :

– Doudou et moi, on t'attendra mon papa.

Ce jour redouté était donc arrivé.

Des méchants avaient retrouvé leur chalet, pourtant bien caché dans la montagne. Eloigné de tout, comme tous les endroits que papa adorait. Pour Nata, tout allait bien grâce à nounou Assia et à Akim.

Cette nuit, des méchants étaient rentrés sur la propriété. Kira, le berger allemand les avait sentis et depuis ne cessait d'aboyer. L'alarme s'étant déclenchée, Akim les avait repérés sur les écrans de surveillance.

Sans ménagement nounou Assia avait réveillé la petite fille :

– Debout Nata ! Ils sont là ! Va dans la cachette comme prévu. Tu y restes jusqu'à l'arrivée de ton père. Quoi qu'il arrive. Compris ?

– Oui.

À cet instant, la jeune femme affichait un regard dur inconnu de l'enfant jusqu'alors. Pour la première fois, sa douce nounou lui parla brutalement :

– Tu me le jures ?

– Oui Assia.

– Tu ne pleureras pas ?

– Non.

Mais elle savait que c'était un mensonge.

Assia ouvrit la trappe dissimulée sous le tapis de sa chambre, saisit la petite fille et la projeta dans l'étroit boyau creusé sous le chalet.

On entendait des cris et des détonations à l'extérieur.

Nata se retrouva dans le noir total. Elle progressa lentement comme elle l'avait appris, son doudou entre les dents. Elle sortit dans la nuit froide et pluvieuse sur le côté du chalet. Elle était couverte de boue. Elle rampa encore deux mètres pour atteindre la niche de Kira. Elle se glissa à l'intérieur et tourna une petite poignée au fond pour ouvrir la cachette.

La chienne n'aboyait plus. Nata entendit les méchants hurler dans leur langue. Elle entendit Akim et Assia qui leur répondirent d'une façon si agressive qu'elle ne les reconnut pas juste avant de refermer le double fond.

Il y eut des déflagrations, des explosions qui firent vibrer la niche.

Puis, la pluie redoubla, Nata sentit des larmes chaudes couler le long de ses joues.

– Non, doudou, je ne pleure pas, chuchota-t-elle.

Elle se positionna le plus confortablement dans l'étroite cachette en serrant son doudou très fort.

On n'entendait plus ni Akim ni Assia.

Des voix d'hommes au fort accent étranger percèrent la nuit.

– Nata ! Nata ! Petite ! Viens, nous allons te ramener à ton papa.

Nata compta trois voix différentes. Ils marchaient lourdement, dans le chalet, dans l'allée. Soudain, des pas vinrent près de la niche.

– Nata ! Petite ! Ne fais pas l'idiote ! Ton père ne viendra pas ici !

Après de longues minutes de recherches vaines, les hommes changèrent de tactique :

– Nous allons bruler le chalet Nata ! Sors si tu veux revoir ton père !

Nata tremblait de tout son corps contre le bois rugueux de la niche.

« Ne t'en fais pas doudou, papa va venir. Papa va venir. Papa va venir. » n'arrêtait-elle pas de penser.

– Tout va cramer ! Dommage pour ta nounou ! Dommage pour ton chien ! Et puis, le garde du corps, il va cramer aussi ! Tout ça à cause de toi Nata ! Sors de ta cachette !

La petite fille ferma les yeux, le plus fort possible et se boucha les oreilles avec son doudou.

Il y eut une explosion, puis un énorme crépitement. Des rires aussi.

Nata sentit l'odeur du feu qui dévorait le chalet et les sapins alentour.

Il y eut des cris et puis encore des déflagrations.

« Papa va venir doudou. Papa va venir. »

Brusquement, quelqu'un frappa sur la niche :

– Nata ! Natanoucka ! Ouvre ! C'est moi ! Il n'y a plus de danger !

– Papa ! cria-t-elle en s'extirpant de la petite cachette.

– Ma petite fille !

– Mon papa ! Tu sais, doudou a été très courageux.

Elle se serra dans les bras de son père, ses larmes se mêlant aux gouttes de pluie.

Derrière eux l'incendie faisait rage.

– Et toi aussi ma Natanouche, répondit-il en rangeant son arme dans son fourreau. Partons vite avant que les secours n'arrivent.

Le couvercle du sarcophage de verre se déverrouilla et presque aussitôt le commandant Piers Desbar ouvrit les yeux, émergeant doucement de son sommeil cryogénique. Tout à côté, il entendit le déclic de l'ouverture des autres capsules d'hibernation. Automatiquement, le programme de réveil ralluma lumières et écrans, mettant une agitation incongrue dans la nuit stellaire. Le ronronnement rassurant des machines se déclencha.

Fonçant dans l'espace, le vaisseau était en approche de la Terre, les voyants et graphiques l'indiquaient. Par le hublot, on la voyait nettement au loin, derrière la Lune. Piers s'extirpa difficilement de son lit exigu. Il fut le premier à s'asseoir au poste de commande pour assister Mother, l'ordinateur de bord qui gérait tout. Tous lui avaient confié leur vie sans crainte depuis début de leur mission, mais là, les manœuvres pour le retour nécessitaient une main humaine.

Tia Olgado biologiste, Hans Bergen géologue, Raul Smith, astrophysicien, et Xian Ezzou, électrotechnicienne, sortirent un à un de leur couchette, un peu groggys et engourdis mais prêts à rejoindre leur place derrière leurs manettes.

– Tout le monde est sur le pont ? demanda Piers à ses coéquipiers. Le scientifique, issu des structures militaires de l'État avait une agaçante capacité à récupérer très rapidement.

Ils lui répondirent plus ou moins vite, avec plus ou moins d'énergie. Ils venaient de vivre une mission de cinq années aux confins de la galaxie dont pratiquement plus de la moitié à dormir d'un sommeil artificiel et glacé.

- Laisse-nous le temps d'émerger chef ! lui répondit Raul en baillant largement.

– Si une chose ne change pas c'est bien ton impatience, renchérit Tia en se frottant les yeux.

– Et si je vous dis les amis : « Mon royaume pour un café », vous exaucez mon vœu ? minauda Xian en prenant sa place devant le tableau de bord.

– Toujours autant fan de café ma vieille ? La cryo ne t'a pas changée d'un iota, remarqua Hans.

– Oui ! Ok, Mother nous laisse la main, c'est bon, répondit Xian.

– Cool ! Bientôt on sera chez nous, s'écria Tia.

– On a tous hâte. Mission presque accomplie, dit joyeusement Hans tout en s'installant sur son siège. Nous sommes tous justes un peu plus vieux ! Les mêmes qu'il y a cinq ans un peu ridés !

– Tous pareils ? Tu rigoles ? Tu oublies l'effet de la cryogénie sur notre système pileux ! souligna Xian en pouffant.

Et de fait, ils étaient tous hirsutes et pour les hommes pourvus d'une longue barbe drue.

Tandis qu'ils riaient tous, l'étroite cabine s'anima de voyants lumineux et de petits bruits divers.

Tout en tapotant la paroi du vaisseau, Raul s'adressa à elle affectueusement :

– Allez, un dernier effort Amerigo, et tu nous ramènes chez nous !

- J'espère que la Terre aura tenu le choc durant notre absence ! s'inquiéta Hans.

– Tout ira bien ! Et puis on ne ramène que des bonnes nouvelles pour l'avenir de l'humanité, souligna Piers. Restez concentrés à présent, nous allons vérifier les ajustements pour la trajectoire définitive d'atterrissage.

– Oui chef, acquiesça Tia, 2050, nous voilà !

Et tous les cinq se turent pour pouvoir vérifier les procédures de rentrée dans l'atmosphère de la Terre. Moment plus que délicat, mais avec toutes les données du superordinateur Mother et l'expérience de l'équipage, tout allait bien se passer.

Le vaisseau filait dans l'espace, droit sur la Terre. Les yeux rivés sur leurs courbes et calculs, aucun d'eux ne vit la belle couleur bleue de la planète.

– Attention, lança le commandant, rétro fusées nucléaires enclenchées dans 10 secondes.

- Bien commandant ! Bouclier thermique déployé.

– Tous les passagers arrimés. Masques à oxygène prêts.

– On s'accroche ! 10, 9, 8, 7, 6, 5, 4, 3, 2, 1 : c'est parti !

Dès cet instant, l'étroit habitacle fut secoué très violemment, comme frappé par un marteau géant alors qu'il déchirait l'atmosphère terrestre. Les déflagrations se succédaient sans discontinuer. Écrasés sur leur siège, les membres de l'équipage du vaisseau Amerigo attendaient avec anxiété qu'il se pose enfin sur le sol. Déchirant les couches successives protégeant la Terre, l'engin atteignit bientôt l'altitude requise pour que les moteurs à réaction se mettent en route, le transformant en banal avion, prêt pour un banal atterrissage.

C'est Piers qui posa Amerigo sans trop de dommages sur la piste du Consortium Européen Bruxelles-Lille, plus simplement appelé « ConsEuro ».

Enfin, ce qui devait être la piste d'atterrissage de « ConsEuro », comme ce qui était programmé dans les entrailles de Mother...

La dernière secousse passée, l'équipage hurla :

– Hourra ! Nous sommes de retour ! Sur notre bonne vieille Terre !

Des larmes plein les yeux, ils laissèrent leur joie éclater. La difficile mission « New Gaïa » prenait fin ici. Ils n'imaginaient pas encore leur avenir, ils ne voulaient déjà qu'un repos mérité et retrouver leur famille, leurs amis.

Avant même que Mother ne déverrouille la porte extérieure, Piers eut un doute fulgurant :

– Mais...

Il ne put finir sa phrase, le sas principal venait de s'ouvrir et ce qu'il avait pressenti apparu sous le soleil du matin : l'aéroport ne ressemblait pas à celui qu'il connaissait.

Tout avait changé.

Ils avaient quitté une Terre à bout de souffle. Détruite par la pollution, les guerres, les déversements récurrents de produits chimiques dans ses océans. La mission New Gaïa apparaissait comme la dernière chance pour l'humanité : trouver une exo planète pour en accueillir une partie.

Ils avaient laissé ici une planète exsangue, au ciel gris fer, dont l'air à peine respirable piquait les yeux et les bronches de chaque être vivant.

À présent, la piste d'atterrissage se trouvait au milieu d'une jungle luxuriante. Comme un bijou incongru dans un écrin vert. L'aéroport en lui-même n'existait plus. Ils ne virent pas d'avions sur le tarmac. Les cinq membres de l'équipage de l'Amerigo furent saisis de stupéfaction d'abord, puis par une peur déraisonnable proportionnelle à leur joie première. Que s'était-il passé ?

Titubants, ils sortirent de l'étroit habitacle qui fut leur maison pendant toutes ces années. Le soleil matinal les surprit par la violence de son éclat, l'air pur les sonna dès qu'il pénétra leurs poumons. Un petit groupe de femmes les accueillit. Elles portaient toutes un uniforme identique vert et rouge, qu'ils ne connaissaient pas. Très naturellement, elles les aidèrent à descendre du cockpit. Et là, pas de micro, ni aucun journaliste pour recueillir leurs impressions.

L'étrangeté de la situation les laissa perplexes.

Une des femmes s'avança. Elle s'adressa à eux avec un accent qui leur était inconnu.

- Bonjour et bienvenue. Vous êtes bien sûr Terre. Vous êtes bien sur la bonne piste d'atterrissage de ConsEuro.

Elle leur tendit une main ferme, d'abord à Tia et Xian avec élan et ensuite à Piers, Hans et Raul, avec un léger recul. Les autres femmes les regardaient avec anxiété.

– Je m'appelle Ora, je représente actuellement la direction de notre pays.

– Comment ? S'étonna Piers abasourdi.

– Venez, nous allons tout vous expliquer dans un endroit plus approprié.

Et devant leurs réticences, elle ajouta, maladroitement, de sa voix hésitante :

– Nous sommes pacifiques, ne vous en faites pas.

Ce qui eut pour effet de les inquiéter encore un peu plus.

– Nos familles... balbutia Tia.

– Venez. Nous vous expliquerons tout, coupa Ora. N'ayez crainte, nous allons transférer vos affaires personnelles.

Éberlués, ils la suivirent dans un véhicule motorisé, ressemblant vaguement à un minibus. Le ciel au-dessus d'eux était d'une pureté inégalée. D'un bleu blessant. Durant le trajet, tout ce qu'ils virent différait vraiment de ce qu'ils avaient laissé ici, cinq ans auparavant. La végétation était luxuriante, tirant sur le gigantisme. L'engin zigzaguait entre les énormes racines déchirant une mince couche de bitume. Partout, du vert, du feuillage, des arbres, une nature triomphante, omniprésente. Il leur sembla même apercevoir de nombreux animaux en liberté. Pendant un temps qu'il leur parut interminable, ils ne virent aucun signe de civilisation.

– Que s'est-il passé... commença Pier, vite coupé par leur hôtesse.

– Nous arrivons. Bientôt vous saurez tout.

Effectivement, leur véhicule s'engagea dans ce qui ressemblait à une méga ville forestière faite de bâtiments disséminés dans l'énorme jungle. Une cité faite de bric et de broc où les maisons coincées entre les arbres côtoyaient des immeubles à l'esthétisme douteux. Leur minibus se faufilait dans la circulation dense de cette ville extraordinaire. L'équipage de L'Amerigo gardait les yeux rivés sur l'extérieur, éberlué. Cette ville n'était pas la mégapole Bruxelles-Lille qu'ils avaient quitté il y a cinq ans. Elle ressemblait plutôt à un énorme campement en pleine forêt où les murs lépreux et délabrés se démarquaient difficilement des entrelacs végétaux. Ils ne virent aucun robot régulateur, aucun trottoir-tapis roulant, aucun drone policier, aucun écran de contrôle, aucune barrière anti-suicide, aucune enseigne lumineuse agressive, aucun décor clinquant digne de toute métropole. Mais la multitude d'habitations, les devantures diverses et variées des commerces, les grandes voies routières, le nombre élevé de véhicules saugrenus, parmi ceux-ci même des calèches, ainsi que la foule compacte qu'ils apercevaient derrière les vitres, tout cela leur prouvait qu'ils étaient bien dans une ville d'importance.

– Nous y sommes, leur dit Ora, alors que leur véhicule s'arrêtait devant un immense bâtiment rouge sur lequel trônait l'inscription « Directoire » peinte dans un vert profond. L'entrée en était défendue par un personnel apparemment féminin.

Encore ralentis par leur combinaison spatiale un peu raide, ils sortirent et suivirent leur hôtesse et ses accompagnatrices. Piers, Hans et Raul eurent l'impression qu'on les examinait comme des bêtes curieuses. Ils pénétrèrent dans l'édifice et ressentirent aussitôt le prestige qui s'en dégageait malgré la simplicité du lieu. Tout ici respirait l'ordinaire, le pratique, l'usuel. Ils étaient loin, très loin, des palais richement décorés, apprêtés et policés qu'ils avaient connus avant d'embarquer pour leur long voyage. On les guida dans une grande pièce confortable et banale où des tables avaient été dressées pour accueillir un frugal repas de bienvenue.

– Voilà. Installez-vous, commença Ora.

– Non, la coupa Piers, la mettant aussitôt sur la défensive, dites-nous tout de suite où nous sommes. Mother a dû faire une erreur de calcul.

Derrière lui, ses coéquipiers approuvèrent son éclat de voix, mais déjà avec douceur et fermeté, les accompagnatrices d'Ora les aidaient à ôter leur lourd accoutrement. À leur plus grand étonnement, ils apprécièrent de se sentir délivrés de leur carcan pour se glisser dans un peignoir douillet.

Leur hôtesse reprit alors :

– Il faut que vous sachiez...

– Dites-nous !

– Nous ne sommes pas en 2 050. Nous sommes en 2 150.

– Quoi ? Qu'est-ce que c'est que cette connerie ?

Une stupéfaction sans nom les saisit tous. Tia se sentit mal, aussitôt une femme lui proposa un siège et un verre d'eau. Xian s'effondra dans les bras de Hans. Piers et Raul restèrent tétanisés. Guettant le moindre malaise, le personnel féminin se tenait prêt à les soutenir et ce, malgré la défiance éprouvée vis-à-vis des membres masculins de l'Amerigo.

– Calmez-vous. Asseyez-vous, leur imposa Ora, de sa voix grave.

– Mais...

- Un siècle s'est écoulé depuis votre départ.

Seule, Tia réagit :

– Non ! hurla-t-telle en se tordant les mains.

– Je suis désolée, articula Ora en détachant chacune de ses syllabes. Nous ne savons pas exactement ce qui s'est passé. Nos scientifiques supposent que votre vaisseau Amerigo s'est trouvé piégé dans une distorsion de l'espace-temps. Ce qui fait que tous les calculs de l'ordinateur central Mother ont été faussés.

- Un siècle ! cria Xian. Nous avons perdu tous nos amis, nos proches ! Tout !

- Mother indiquait pourtant 2 050... Tout semblait normal... murmura Raul d'une voix éteinte.

– Oui, Amerigo était comme dans une bulle. Suite au redémarrage de ses propulseurs : il vient juste de faire un saut dans le temps. C'est pourquoi, pour vous, biologiquement, vous êtes bien en 2 050. Pour l'ordinateur central Mother, aucune erreur n'est à déplorer, il a suivi les procédures et vous a bien ramené sur Terre en 2 050. Comme prévu.

C'est impossible ! C'est impossible ! gémit Xian, au bord de la crise de nerfs.

L'équipage de l'Amerigo oscillait entre colère et désespoir. Les trois hommes étaient blêmes mais calmes, tandis que les deux femmes pleuraient bruyamment.

Mâchoires serrées, Piers dit le plus calmement qu'il put :

– Bon, nous avons donc loupé cent ans... Qu'avez-vou d'autre à nous apprendre ?

Sans qu'ils s'en soient rendu compte, étant donné la violence de la nouvelle, d'autres femmes s'étaient jointes à leur petit groupe, formant comme un cordon muet autour d'eux.

Ora demanda d'une voix ferme :

– Commandant Desbar, je vous en prie, asseyez-vous. Asseyez-vous tous.

Tous les membres de l'Amerigo sentirent peser sur eux de lourds regards. Les femmes présentes faisaient bloc autour d'eux. Craignant le pire, Piers prit un siège, incitant ses compagnons à faire de même. De toute façon, ils étaient tous anéantis par la nouvelle et leurs forces s'avéraient encore bien faibles.

Ora attendit qu'ils fussent tous assis. C'était une femme mince, d'une trentaine d'années, brune aux yeux marron. Une femme sans artifices, vêtue comme toutes d'un uniforme vert et rouge. Il émanait d'elle une détermination, une autorité sereine. Calmement, elle s'assit face à eux :

– Vous vous doutez que ce que j'ai à vous apprendre n'est guère facile à dire.

Elle inspira profondément et continua de sa voix trébuchante, cherchant les mots justes.

– Malheureusement pour vous, vous avez raté les dernières années sur la Terre. Vous êtes partis chercher une nouvelle planète, étant donné que la nôtre en 2045 agonisait sous les pesticides, les fléaux climatiques, les famines, les guerres et les pandémies.

Agacé, Piers lui répliqua :

– Nous savons d'où nous venons ! Et pourquoi nous sommes partis pour une si longue mission.

– Je voulais juste vous remémorer les conditions désastreuses que connaissait la Terre lors de votre départ. Sachez que la situation a empiré de façon exponentielle ensuite. Ceci parce que d'une part une multinationale de biotechnologie a mis sur le marché un herbicide fulgurant et d'autre part parce qu'un pays en guerre a répandu un virus censé annihiler le libre arbitre de ses ennemis. Les deux faits conjugués ont déclenché une succession de catastrophes planétaires. L'herbicide a d'abord détruit une bonne partie des abeilles, enfin le peu d'abeilles qui restait encore. Puis il y a eu un effondrement des récoltes mondiales, ceci se passant vers 2060. Les gouvernements n'ont fait le rapprochement avec ce produit que tardivement et ne l'ont interdit qu'en 2080. Il était trop tard pour enrayer la machine infernale qui a jeté le monde dans une famine récurrente, épuisant et décimant les populations. D'autant plus que pendant le même temps, le virus AN1 répandu sur les scènes de conflits faisait des dégâts irréversibles.

Elle s'arrêta un moment pour reprendre son souffle et laisser à ses interlocuteurs le temps de digérer ces mauvaises nouvelles.

– Vous voulez nous dire que des altérations biologiques ont modifié la population humaine ? s'enquit Tia en reniflant.

– Tout a été modifié. Les plantes, comme vous avez pu le constater, ont trouvé la parade aux herbicides. Les insectes se sont réorganisés aussi. Le dérèglement climatique persistant les y a aidés. La panique générée par les conséquences du virus AN1 leur a été bénéfique. Pendant que le monde scientifique se mobilisait pour tenter de réparer ce qu'il avait défait, les végétaux ont pris de la force, du poids. S'alliant avec d'autres plantes, voire avec des insectes inédits, les végétaux sont devenus en quelques décennies les nouveaux Maîtres du monde.

– Quelles ont été les catastrophes déclenchées par ce virus ?

– Il a effectivement détruit le libre arbitre de tous ceux qui l'ont respiré. Ils sont devenus des zombies en quelque sorte, comme le voulaient ses promoteurs. Ce fléau additionné à la famine mondiale qui régnait a provoqué une véritable hécatombe. Mais en plus, ce qui n'était pas prévu, il s'est répandu dans le monde entier, via la circulation des vents et sa toxicité s'est fixée sur les neurotransmetteurs responsables de la fabrication des spermatozoïdes. Faute de fécondant actif, l'humanité a bien failli disparaître. Le monde est passé de 10 milliards d'humains en 2 050 à 5 milliards en 2090.

Devant leurs visages interloqués, elle continua :

– Nous ne nous en sommes sortis qu'avec la réquisition des banques du sperme qui étaient à l'époque, fort heureusement, très bien pourvues. À partir de 2085, une grande partie des enfants ont été conçus par insémination artificielle. Vous pouvez aisément imaginer que ce fut un travail titanesque. Depuis, la nature a repris un peu ses droits, dit-elle avec un sourire triste. Mais chaque naissance à ce jour est une victoire sur l'adversité.

Disant cela, le regard d'Ora ainsi que celui de ses accompagnatrices pesa sur les trois hommes présents qui se sentirent soudain très mal à l'aise.

– Quoi ? demanda Piers. Quoi encore ?

– Il y a eu encore un grain de sable...

– Qui fut...

– Malheureusement soixante pour cent des enfants qui naissent ainsi sont des filles...

Les yeux de l'équipage de l'Amerigo s'agrandirent sous le coup :

– Vous voulez dire que les hommes sont devenus une denrée rare ?

– Non seulement les hommes sont devenus une denrée rare, mais nos sociétés ont été affectées par leur changement psychologique induit par tous ces événements. Après que le virus AN1 ait amoindri leur système reproducteur, ils sont devenus plus vulnérables, déstabilisés aussi par tout ça. Ce ne sont pas les hommes tels que vous les connaissiez.

– Mon Dieu, s'exclama Xian catastrophée.

Elle regretta aussitôt ces mots quand elle comprit qu'ils ulcéraient ses hôtesses. Avec un peu plus d'indulgence, Ora expliqua :

– Vous venez d'employer une expression qui ne se dit plus.

– Vous voulez dire que ça aussi ça a changé ? demanda Piers.

Elle fit une moue avant de lui répondre :

– Oui, ça aussi ça a changé, nous ne croyons qu'en la Terre.

– Ho ? Bien sûr... En Gaïa... Nous aussi nous y croyions...

– Oui, Gaïa est notre seule divinité. Elle a repris des forces après tous ces cataclysmes. Regardez autour de nous : la végétation est luxuriante, les animaux ont repeuplé les forêts et les bois, les océans et les savanes. La Terre est dans un nouveau cycle. Elle nous a offert une nouvelle chance, nous l'avons saisie, nous les survivants. Nous sommes tous totalement végétariens. Nous rendons grâce à la Vie chaque jour. Les animaux qui ont survécu au cataclysme ont droit à notre respect.

- Impossible de manger un steak frites ? s'étonna Raul.

– Vous pourrez manger des steaks végétariens.

Puis baissant soudain les yeux, Ora soupira profondément avant de continuer, émue.

– Tout ne fut pas facile, ne croyez pas ça. Je vous résume un siècle de bouleversements profonds. Le raccourci pourrait le laisser croire. Le monde a basculé dans l'horreur en quelques mois. Il a fallu réagir, changer tous les repères, revoir toutes les règles.

- J'imagine ce que cette adaptation brutale a dû faire comme dégâts... Nous-mêmes ici nous en avons un aperçu, acquiesça Piers, très sombre, observant les yeux rougis de ses coéquipières.

– Oui, donc imaginez le monde d'alors peu à peu vidé. L'extinction de la race humaine ne s'est jouée qu'à un cheveu... C'est de cette panique qu'est née notre société actuelle : elle est passée du patriarcat au matriarcat.

- Une société plus féminine ? s'enquit Xian en regardant discrètement toutes les femmes faisant rempart autour d'eux.

- Entre autres oui. Nous réinventons sans cesse en fonction de ce nouveau monde.

- Finalement, nous sommes partis pour trouver une nouvelle planète pour l'humanité et cette nouvelle planète, nous la trouvons ici à notre retour, souligna Piers amer.

C'est paradoxal, je l'admets, reconnu Ora. Vous allez devoir assimiler tous les changements, ce qui ne sera pas facile. Mais, comme nous attendions votre retour nous vous avons préparé des logements un peu à l'écart... Sous surveillance...

– Comme des pestiférés ? s'énerva Hans.

– Non. Voyez cela comme des convalescents qui ont besoin de retrouver des forces au calme.

– Tout est donc si terrible ?

– Tout est différent, je vous le répète. Il vous faudra un temps d'adaptation.

Piers venait de se lever de son siège brusquement :

– Vous allez nous garder sous cloche ? Parce que nous sommes vierges de ce virus AN1et que vous voulez nous utiliser, c'est ça ?

– Commandant, ne le prenez pas ainsi...

- J'ai vu juste ? C'est ça ? Nous sommes tous trois des hommes biologiquement non modifiés et vous espérez vous servir de nous !

– Quoi ? s'exclamèrent Raul et Hans en même temps.

– Je crois qu'elles ont besoin de nos spermatozoïdes ! Voilà ce qu'elles veulent ! Je demande à voir le représentant de la police. Je suis dans mon droit.

– Commandant, maîtrisez-vous ! lui ordonna Ora. Je vais être honnête avec vous : oui vos capacités biologiques intactes intéressent fortement nos scientifiques. Mais, et vous l'apprendrez en vivant parmi nous, notre éthique nous interdit formellement d'abuser des autres. Cependant, vous devrez vous pliez aux lois de 2 150.

- Et qui sont ?

– Obligation pour les hommes en bonne santé d'approvisionner la banque du sperme une fois par mois. Notre survie est à ce prix.

Alors que Raul et Hans restaient pétrifiés, Piers rit nerveusement à cette annonce :

– Il est beau le pays angélique !

Tous les membres de l'Amerigo se sentirent soudain très vulnérables dans leur mince peignoir.

Soupirant profondément, Ora continua :

– Tous les codes de la société ont changé. Les hommes qui étaient, en général, virils, vindicatifs, agressifs sont devenus timorés et réservés. Les femmes ont dû prendre les choses en main. Mes ancêtres, confrontées à cet énorme bouleversement ont choisi d'inventer une autre façon de penser et de vivre.

– Comment ?

– La testostérone en berne, la violence et l'esprit de compétition à l'extrême ont disparu, laissant la place à une manière plus féminine d'aborder la vie. La concertation, la discussion sont à présent les fondements de toute relation. Notre société est consensuelle. Nous avons définitivement banni toute hostilité. Nous copions un peu en cela l'attitude très élaborée pour désamorcer le moindre conflit des singes Bonobos qui vivaient autrefois sur terre.

– Vraiment ? C'est le nouveau monde que vous nous proposez ? Basé sur les Bonobos ! Se moqua Hans. Et qui fonctionne par insémination !

– Notre monde, qui est le vôtre à présent... rectifia Ora, très sérieusement. Et je m'efforce de vous le présenter.

- Continuez, je pressens d'autres aberrations.

Ora, le plus calmement possible poursuivit son discours :

– Nos prédécesseurs ont cherché à comprendre d'où venait tout le mal responsable de tant de calamités. Il s'est avéré que la possession semble la racine du mal. Dans nos sociétés, tout le monde a droit au même salaire, indépendamment du niveau d'études. Vous avez remarqué que nous nous sommes débarrassés de toute technologie superflue. Nous privilégions le réel, la vie, même imparfaite.

C'est vrai, s'exclama Piers, où sont les caméras ? Les smartphones ? Les écrans ? Les robots ?

– Ils n'existent plus. Ou peu. Il nous a fallu faire des choix, notre monde a délaissé la technologie inutile au profit du pragmatisme. Les circonstances nous ont poussé à la déconsommation, la décroissance.

Devant les visages éberlués des membres de l'Amerigo, Ora continua :

– Chacun reçoit un salaire de vie, exactement le même. Donc, chacun ici vit le plus confortablement que nous puissions lui offrir. Qu'on soit chercheur ou personne handicapée par exemple.

– Mais... Il y a toujours ceux qui veulent plus...

C'est justement ce que nous avons éradiqué. Notre société veille à la parfaite équité. Au bien-être de tous. L'envie, la jalousie, le désir de supériorité, tous ces sentiments induits par les hommes, ont disparu. Ou sont sous contrôle. Nous avons tous le même salaire, tous les produits manufacturés sont faits pour s'adresser au plus grand nombre. Ainsi il existe peu de tentation pour se démarquer du reste de la population.

– Vous avez une police ? Votre société n'est pas si angélique que ça, remarqua ironiquement Piers.

- Nous avons à nous perfectionner encore. Toutes nos administrations sont dirigées collégialement. Nous sommes ici au siège du Directoire qui gouverne le pays, il compte vingt membres. Ces membres désignent quatre des leurs qui vont diriger les affaires pendant six mois et ainsi de suite. Les membres sont renouvelés démocratiquement tous les cinq ans.

– Tout ça me paraît bien compliqué ! soupira Hans. Qui êtes-vous exactement Ora ?

– Je fais partie des Quatre actuellement, répondit-elle en souriant. Vous êtes des personnes venues du passé de notre planète. Nos scientifiques sont déjà en train d'analyser les données que Mother a emmagasinées.

– Vous avez un programme spatial ? s'interrogea Raul.

- Non, ce qui nous intéresse, ce sont les données que l'ordinateur central avait de la Terre avant de partir... il y a cent ans.

– Vous n'avez pas d'archives ?

- Bien sûr, mais certaines se sont perdues ou nous sont parvenues incomplètes. Là, nous avons une mine de renseignements concernant notre Terre.

– Nous débarquons juste de votre passé, déclara Hans ironique. On va avoir du mal à rentrer dans vos moules policés.

- Vous y arriverez, j'en suis convaincue.

– Mais, ces changements concernent uniquement ce pays ? Si nous avons envie de nous expatrier ? demanda Tia en reniflant.

Croyez moi quand je vous dis que votre intérêt est de rester ici, dans votre « ancien » pays.

– Pourquoi ? Vous n'avez pas éradiqué le côté obscur des humains ? questionna amer Piers.

Gravement, Ora lui répondit :

– Ce pays est le vôtre. Imparfait. Boiteux, sans doute. Mais au moins ici vos droits sont respectés. C'est vrai : vous êtes une denrée rare ici-bas. Certains seraient prêts à faire n'importe quoi pour avoir un peu de vos cellules. C'est pourquoi nous n'avons pas ébruité votre retour sur terre. Par peur des convoitises.

Un silence pesant succéda à ses paroles. Dominant une vague de colère qui le submergeait, Piers fut le premier à parler :

– Nous sommes donc bien dans une prison dorée.

– Vous êtes à l'abri.

– Contre notre volonté.

– Quittez le Directoire, si c'est ce que vous voulez...

La voix d'Ora se teinta de lourdes menaces.

Il y eut un moment de flottement. Piers regarda ses compagnons de mission. Ils étaient plus que fatigués, harassés. Se maîtrisant, il prit la décision logique qui s'imposait à lui, qu'en tant que chef, il se devait de prendre :

– Vous avez raison, nous avons besoin de nous reposer, de nous faire à tous ces changements aussi. Pour moi, j'accepte le logement que vous nous offrez ici.

– Je reste avec toi, dit vivement Hans.

Suivi aussitôt par les autres membres de l'Amerigo.

– Moi aussi !

Se forçant à sourire, Piers s'adressa à Ora :

– La voilà votre réponse. Nous restons tous ici. Sous votre protection.

– Sage décision commandant, reconnu – t-elle. Vous ne le regretterez pas. Je suis persuadée que vous allez bientôt apprécier notre mode vie.

Disant cela, elle feignit de ne pas voir le durcissement du visage de son interlocuteur.

– Voulez-vous manger un peu avant d'intégrer vos appartements ?

– Personnellement, non, lui répondit-il. J'ai hâte d'une bonne douche chaude... si cela existe encore.

– Oui bien sûr ! C'est une eau de pluie recyclée, mais elle est bien chaude pour la douche.

– Alors, je veux bien la tester maintenant.

– Je suis d'accord avec mon commandant, dit Tia, les yeux encore rouges.

Ses camarades Hans, Raul et Xian l'approuvèrent par un hochement de tête. Ils se lèvent tous de leurs chaises.

– Suivez vos Gouvernantes qui vont vous indiquer le fonctionnement de votre résidence. Je viendrai m'assurer personnellement de votre bonne installation plus tard.

L'équipage de l'Amerigo se laissa guider docilement hors du bureau, soutenu par le petit groupe de femmes silencieux.

Ils avançaient lentement dans les couloirs de l'imposante bâtisse quand ils virent deux hommes poussant un chariot de ménage venir à leur rencontre. C'étaient les premiers hommes de 2 150 qu'ils voyaient de près.

Quand ils furent à leur hauteur, leurs visages s'éclairèrent d'un sourire radieux :

– Nos héros de New Gaïa !

Et ils leur tendirent une main amicale.

– Vous êtes des héros ! Des modèles ! Nous vous admirons tant !

Pressés par leurs escortes peu amènes, les membres de l'Amerigo n'eurent que le temps de leur répondre :

– Merci !

Le commandant Piers leur lança :

– Nous devons nous reposer. Merci.

– À bientôt !

Entendirent-ils avant que les portes de l'ascenseur ne se referment.

Ils arrivèrent à leurs appartements, très confortables et fonctionnels. Bientôt, ils furent seuls et purent se laisser aller à décompresser. Chacun suivant sa nature.

Le commandant Piers, lui, déplia le petit papier que lui avait discrètement glissé l'homme de ménage tout à l'heure et lu :

« Rejoignez les rangs des rebelles, les « Hommes de Demain pour l'Égalité ». Tout va changer grâce à vous. »

NUEVO

Terre 2180. Cent ans après le Grand Cataclysme.

La population humaine très durement éprouvée se trouvait concentrée dans certains îlots sur ce qui restait des continents tels qu'ont les connus auparavant. Généralement, ces îlots étaient d'anciennes métropoles, comme Méga Paris, Giga-London ou Grand New York.

Nul n'avait pu à ce jour expliquer le réveil simultané de tous les volcans se trouvant sur Terre.

Nul n'avait pu à ce jour prévoir les catastrophes et les destructions qui en découlèrent.

Le 3 février 2080, à 2 heures du matin, heure française, tous les oscillateurs et toutes les alertes des scientifiques se mirent en marche dans le monde entier. Et cela, sans qu'aucun signe préalable n'ait averti de l'imminence du phénomène.

La panique fut vite générale. Bien sûr, les politiques ne crurent pas une seconde les scientifiques. Bien sûr, tous furent vite dépassés par l'ampleur du problème.

Il n'était que 4 heures du matin, heure française, quand les volcans d'Auvergne entrèrent en éruption et assombrirent le ciel de la moitié de la France. Bien vite l'Europe fut quasiment recouverte des nuages de scories des volcans Italiens et Islandais. Et puisque tous les volcans entrèrent en éruption, très vite la Terre entière fut sous une énorme et unique nuée ardente. À 8 heures le soleil ne pénétrant plus aucune couche compacte, la température générale s'abaissa partout de plusieurs degrés.

L'affolement des populations fut indescriptible. L'hécatombe humaine et animale se chiffra en milliards d'individus.

Le 4 février 2080, le visage de la planète Terre changea du tout au tout et de planète bleue, elle vira planète grise.

Aucun endroit pour se mettre à l'abri. Les astronautes dans la navette spatiale EurAsie assistèrent médusés et terrifiés au cataclysme. Eux virent les effets des déclenchements des volcans comme devant un film. Seuls spectateurs bien impuissants, ils attendirent quelques semaines avant d'envisager un retour sur Terre. Car toutes les communications furent interrompues simultanément. La planète entra en quelque sorte dans une hibernation imprévue et inéluctable. Malheureusement pour eux, le nuage de nuées ardentes dissimulant la terre ne disparut pas avant de longs mois.

Et quand il se dissipa un peu... ce qu'il couvait se révéla terrible. La croûte terrestre n'était plus que pelée et grise, il n'y avait plus aucune végétation, tout ayant brûlé soit par la chaleur, soit par l'acidité volcanique. La fonte très rapide des calottes polaires avait fait monter de 2 mètres tous les océans, remodelant toutes les côtes maritimes. Et cette nouvelle masse d'eau chauffée par la lave d'un côté et refroidie par des courants profonds oscillait sans cesse entre raz de marée et submersion. À première vue, peu de vie apparente en surface. Les humains, comme les animaux et les végétaux avaient été balayés par le cataclysme. Quand l'activité sismique s'atténua, il fallut attendre encore un peu pour voir réapparaître des représentants de l'espèce humaine. Ceux qui avaient survécu se trouvaient, par pur hasard, au moment du déclenchement du cataclysme, dans des souterrains, protégés des émanations mortifères. Certains survivalistes dont l'instinct méfiant les avait jetés dans leur abri se félicitèrent de leur prévoyance.

Ils sortirent tous de leurs caches avec précaution, poussés par la faim et la curiosité. Ils furent anéantis par l'étendue des dégâts. Les centrales nucléaires éventrées répandaient leur poison dans l'air déjà embrumé par des fumerolles. Les fils électriques coupés, les tuyaux d'évacuation crevés, les usines détruites et vomissant leurs nauséabondes semences, c'était le chaos total. De petits groupes prirent la mesure de la situation. Elle était quasiment désespérée mais la vie étant la plus forte, ils s'organisèrent tant bien que mal.

C'est ainsi que se créèrent les Clans. Qu'ils se structurèrent et s'affermirent dans le désordre postcataclysme. Leur but premier : trouver de la nourriture pour survivre. Au début, ils dévalisèrent les supermarchés de leurs boîtes de conserve. . Mais bien vite, ils durent trouver d'autres choses à manger. Les insectes furent bientôt leur source essentielle d'alimentation. D'une poignée de survivants l'humanité renaquit petit à petit. Difficilement. Âprement. Il fallut tout réinventer.

Un siècle plus tard, en 2180, une légende courait parmi les Clans, l'existence d'un continent secret : El Nuevo, où la végétation poussait sur une terre fertile, où des animaux paissaient en paix.

Était-ce une utopie ? En tout cas, les Survivants voulaient croire en cette terre mystérieuse se trouvant en plein Océan Atlantique. Ce continent rêvé serait sorti des eaux peu après le Grand Cataclysme, soulevé par une force tellurique immense. Il serait vierge de toute pollution, représentant la Terre Promise absolue.

Le mythe avait prospéré depuis 100 ans sur les difficultés récurrentes qu'éprouvaient les Survivants. La terre n'était qu'aride et incultivable, lessivée par l'eau de mer ou détruite par les retombées acides. L'océan semblait vidé de tous êtres vivants. Du moins près des côtes... Mais comme la navigation s'avérait trop dangereuse nul n'allait s'y risquer. Les grands animaux, domestiques ou sauvages, n'existant plus avaient cédé la place aux plus petits comme les souris, musaraignes et mulots qui pullulaient n'ayant d'autres prédateurs que les hommes. Et comme ceux-ci se résumaient à quelques Clans peu fournis éparpillés autour du monde dévasté...

Ils s'organisaient de façon traditionnelle autour d'une personne (homme ou femme) élue par la communauté pour être leur guide. Ils prenaient les décisions importantes collégialement. Sans électricité ni informatique ils réinventèrent les règles de la société au fur et à mesure. Étant très peu nombreux, la parité s'établit réellement, et puis les hommes ménageaient les femmes qui ne voulaient pas du tout procréer dans de telles conditions. Mais la vie s'avérant la plus forte, les humains, petit à petit, étoffèrent leurs rangs d'enfants. Les conditions rudes de leur arrivée dans ce monde hostile faisaient que peu survivaient à l'accouchement. Seuls les plus vigoureux résistaient. L'atmosphère terrestre demeurait polluée par les gaz volcaniques, le climat désorganisé n'était qu'une succession de cyclones et ouragans démesurés. Les Clans se terraient dans des tunnels, grottes ou souterrains aménagés. L'eau nécessaire à la vie suintait des murs délabrés des galeries. Pour qu'elle soit propre à la consommation, il fallait la laisser décanter pendant des jours. Faiblement éclairés par la lueur vacillante de bougies artisanales, faites de graisses diverses, les hommes vaquaient à leurs corvées tous les jours à l'intérieur des galeries. Leurs yeux étaient tant habitués à la pénombre qu'ils se blessaient lors de leurs rares sorties et qu'ils leur faillaient porter des « lunettes de neige ». De toute façon, l'extérieur ne leur convenait pas à cause de sa luminosité et aussi à cause des restes de gaz volcanique encore irritant. Ils trouvaient l'essentielle de leur nourriture dans la collecte d'insectes qui grouillaient partout, aussi bien à l'intérieur qu'à l'extérieur. Avec le temps, ils avaient affiné leur technique de recherche et d'élevage de bestioles. Ils mangeaient les larves, faisaient frire les adultes, écrasaient et réduisaient en farine les plus jeunes spécimens pour en faire des petits pains ou galettes. Vivant dans des endroits humides et sombres, les Clans développèrent aussi la culture des champignons pour varier leur régime. Des rongeurs de toutes grosseurs pullulaient dans les galeries représentant plus une menace qu'une source de nourriture. Chaque jour, les Clans devaient les combattre pour défendre leurs biens, leur vie même. Sans prédateurs, les rongeurs étaient devenus eux-mêmes des prédateurs et les humains leurs proies principales.

À ces difficultés s'ajoutaient depuis peu des rivalités claniques. Des attaques d'autres Clans pour s'approprier par la violence de la nourriture ou des esclaves.

Ainsi allait la vie sur la terre dévastée. La vie des Clans n'était guère paisible. Tous se tenaient toujours aux aguets.

Le Clan des Bastilles n'échappait pas à la règle. Constitué d'une trentaine d'individus, il se situait dans une partie de l'ancien réseau souterrain du métro de Méga Paris, installé dans plusieurs rames. Sor était leur chef. Un géant, presque 2 mètres, il dominait tous les autres membres. À la mort de Tilan, un an auparavant, dans une embuscade fomentée par le Clan des Pauls, les membres du Clan l'avaient désigné comme son successeur. Sor s'appuyait sur Nym la chamane pour diriger le groupe Tous deux prônaient la concertation, la discussion. Sorl avait vu mourir Tilan sous les coups de leurs adversaires et souhaitait le retour de la paix dans les souterrains. Mais pas au prix que l'exigeait le Clan des Pauls qui, fort de ses quarante membres voulait imposer sa loi sur les autres occupants des galeries. Il avait déjà intégré le Clan des Rolins, un petit groupe de moins de dix personnes qui n'avait eu d'autre choix que d'accepter sous peine d'anéantissement pur et simple.

Aren, le chef des Pauls, ambitieux, violent n'avait qu'un but : absorber tous les Clans des souterrains pour ne faire qu'un grand Clan des Pauls… Loin, bien loin des impératifs démocratiques de Sor et de ses compagnons. Depuis une année, les attaques se faisaient plus nombreuses. Toutes les consignes de sécurité avaient été renforcées. La vie sous terre était devenue non seulement plus difficile mais aussi plus stressante. L'angoisse étreignait chacun depuis le début des événements. Tous les membres du Clan accomplissaient leurs tâches avec d'extrêmes précautions. Il régnait dans les compartiments étouffants et semi-obscurs une ambiance suspicieuse, vite prompte à virer à la panique, lors de bruits inhabituels. Tout ceci se répercutait sur les naissances. Le Clan des Bastilles ne comptait que deux naissances depuis un an. Aucune grossesse ne s'annonçait pour rassurer le groupe. Le moral s'en trouvait au plus bas. Bientôt, des voix s'élevèrent pour propager un projet fou.

C'est Anis, belle et grande femme brune, qui en parla la première, lors d'un conseil du Clan. Exprimant là ce qui se disait dans le secret des alcôves.

– Nous ne pouvons plus vivre comme ça. Sous la menace des Pauls.

– Que proposes-tu ? lui demanda Sor.

– Pourquoi ne pas déplacer le Clan ailleurs ? Loin d'eux.

– Et où veux-tu nous déplacer ?

La question de Sor était, bien sûr, ironique car il connaissait la légende du continent merveilleux.

Ce mythe était nourri par des voyageurs rencontrés au hasard de leurs sorties en surface. À croire qu'ils n'avaient que cette belle histoire à raconter d'ailleurs : quelqu'un leur avait dit que Nuevo existait et était ce paradis rêvé. Ils n'avaient aucune preuve indiquant la véracité de leurs dires mais ils y croyaient et rien ne ralentissait leur marche. Sor avaient parlé avec certains d'entre eux, leur proposant même parfois l'hospitalité du Clan pour une nuit ou deux. Rien ne les aurait retenus.

Anis alors se leva et regarda chaque membre du Conseil.

– Je propose de nous rendre sur Nuevo.

Ses mots furent accueillis par des rires, des cris et aussi par des acquiescements.

Sor souriait tristement en lui répondant :

– Nuevo est une illusion. Il n'existe pas de continent préservé par la Catastrophe.

Plusieurs membres l'approuvèrent alors que d'autres soutenaient Anis.

– On a rencontré à la surface des gens qui partaient là-bas.

– Pourquoi ce ne serait qu'une légende ?

– Je suis comme Anis, je préfère l'action à l'attente. Les Pauls vont nous anéantir et tu le sais Sor.

– Calmez-vous ! Imposa la chamane. Je consulterai les Entités.

La mâchoire serrée d'Anis et ses poings crispés ne laissaient aucun doute sur sa détermination :

– Quel que soit l'avis des Entités, moi je décide de quitter le Clan pour trouver le nouveau continent.

– Tu es libre, comme tous ici, de poursuivre un rêve voué à l'échec, lui répondit Nym.

– Si tu quittes le Clan, tu n'auras plus aucune protection, renchérit Sor en testant la rebelle du regard.

– Je préfère partir, même seule et tenter une aventure, même folle, que de rester là à attendre que d'autres Clans me tuent ou m'asservissent.

– Tu vas partir à l'aveugle sur une terre dévastée et polluée. Tu vas laisser ici ta famille. Ton Clan. Tout ça pour un rêve ?

Sor la jaugeait, un rien méprisant.

– Oui. J'ai pris ma décision. Je ne veux pas mourir parmi les rats, dans l'obscurité. Dans des miasmes nauséabonds. Je veux rêver de ciel bleu, d'air pur... De fleurs...

C'est un pur délire ! Dehors : les yeux nous piquent, l'eau est gluante ! Comment veux-tu qu'un continent sain existe ?

Elle s'approcha de Sor et très posément lui dit :

- J'en ai assez de vivre comme un cloporte à attendre qu'on m'écrase !

– Je te comprends... Après tout c'est ta vie. Si le danger t'attire autant que ça, je ne peux pas te retenir.

Un grand sourire illumina le visage d'Anis. Brusquement, elle le serra dans ses bras, le décontenançant. Il bredouilla :

– Tu vas nous manquer Anis.

– Je ne pars pas seule...

Plusieurs membres du Clan s'avancèrent devant Sor :

– Vous serez donc huit à tenter l'aventure... Bonne chance à tous alors !

Et sans un mot de plus, il leur tourna le dos malgré la rumeur de protestation qui enflait parmi les membres du Clan.

– Tu les laisses partir à la mort ?

– Leurs bras vont nous manquer, comment allons-nous faire ?

Mais c'était peine perdue, Sor avait compris leur détermination et refusait de polémiquer.

– Chacun est libre de sa vie et vous le savez bien.

Tôt le lendemain Anis et le petit groupe quittèrent l'ancienne station, en silence, sans aucun adieu, encombrés de baluchons contenant leurs maigres provisions.

Dès que l'air pollué pénétra leurs poumons et que la faible luminosité du jour leur piqua les yeux, ils surent que leur voyage serait long et difficile. Leur but était de fuir. Fuir pour survivre.

Ils étaient loin quand, dans l'après-midi, le Clan des Pauls investit la station des Bastilles et asservit tous ses membres.

Anis et ses compagnons, trois hommes et quatre femmes, n'avaient qu'un seul plan : marcher vers l'ouest. Là où se levait le soleil pâle. Sans s'arrêter avant de trouver l'océan. L'océan ? Ils ignoraient à quoi s'attendre. Ils ne connaissaient rien du monde extérieur. Ils avaient tout à apprendre, ils s'en rendirent compte aussitôt passées les ruines de la mégapole.

Anis, en tête du petit groupe avait, bien malgré elle, endossé le rôle de meneuse.

– Tenez-vous assez près des uns des autres. Et rester bien sur vos gardes.

Elle avançait d'un bon pas, besace au dos, une lance affûtée dans une main, une machette dans l'autre pour se frayer un passage dans la végétation. À ses côtés, Olaf son compagnon, armé lui aussi. Derrière eux, la petite troupe dépareillée suivait, convaincue de son bon choix. La nature hostile, les intriguaient et les rebutaient aussi, la végétation épaisse et drue ralentissait leur marche.

La première journée fut la plus difficile à vivre. Quand elle s'acheva avec un coucher de soleil voilé, ils se retrouvèrent tous dans la pénombre, quelques torches en mains. Ils établirent un campement de fortune autour d'un feu. Le premier d'une très longue série. Des interrogations, des questions fusaient dans la nuit noire pendant qu'Anis organisait les tours de garde. Ils ignoraient tout des dangers que draine la pénombre, ils avaient tout à apprendre. Des animaux inconnus, croisement entre rats et chiens, les observaient : étaient-ils menaçants ou curieux ? Il s'avéra qu'ils étaient dangereux, prenant les humains pour d'hypothétiques repas.

– Comment allons-nous nous rendre sur Nuevo ? Il faut des embarcations, comment faire ?

– Nous trouverons le moyen, répondait Olaf, ne pensons qu'à notre voyage jusqu'à là-bas, nous aviserons ensuite !

– Et si nous n'y arrivions pas ? Si Nuevo n'existait pas ?

Au fur et à mesure des jours, certains virent leur volonté s'amenuiser. Au fur et à mesure des jours leur marche à pas forcés amenant son lot de plaies, de blessures plus ou moins graves, de ventres vides, certains furent ébranlés dans leur espoir. Au fur et à mesure des jours certains doutaient de leur bon choix en tentant de boire de l'eau sale ou en tentant d'avaler des vers trouvés sur leur chemin. Cependant, certains au contraire s'aguerrir, se forgeant des réflexes de combattants contre toutes les mauvaises rencontres possibles.

Anis et Ola, plus combatifs que jamais, méprisant tous les dangers, les tenaient à bout de bras, les galvanisaient :

– Nuevo n'est pas une invention. C'est impossible. C'est le continent du renouveau. Celui que la Terre a patiemment mis en place loin des hommes destructeurs.

– Pour marcher : il faut croire. C'est le seul moteur que nous avons, compagnons.

Et ils le savaient tous, ils se trouvaient loin de la mégapole, au milieu d'une jungle inconnue et menaçante, fatigués, déboussolés... Il ne leur restait plus que leur désir de changement pour tenir.

Un jour, ils virent un petit groupe qui leur ressemblait étrangement : composé de plusieurs individus divers, harnachés de besaces vides et d'armes dérisoires.

Surmontant sa crainte de l'étranger, Anis les aborda prudemment :

– Nous sommes les Bastilles de Méga-Paris.

– Nous, nous venons des Terres de Feu. Nous sommes les Centraux.

Ils ne paraissaient pas agressifs. Celui qui semblait leur chef, un homme âgé aux cheveux gris s'approcha :

– Nous faisons route vers Nuevo. Nous marchons depuis des jours et des jours.

Anis et Olaf se lancèrent un regard :

– Nous aussi nous voulons rejoindre Nuevo.

Le chef du groupe leur tendit la main, souriant :

– Et si nous faisions route ensemble ?

– Nous consultons notre groupe d'abord, répondit Anis.

Certains ne voulaient pas se mêler à des étrangers, d'autres au contraire étaient enthousiasmés à cette idée, un vote les départagea et ce fut la fusion des deux groupes qui gagna.

– Je suis heureux de cela, dit le chef des Centraux en souriant. Je m'appelle Rus l'Ancien.

– Moi c'est Anis et le grand type là c'est Olaf.

La troupe augmentée de nouveaux membres se remit en route docilement. Tout en marchant d'un pas lourd beaucoup engagèrent la conversation pour briser la glace.

– Nous avons perdu des compagnons depuis notre départ.

– Nous n'avons pas eu droit à ce malheur mais nous avons nos malades et ils ralentissent notre progression.

– Tout ira mieux quand nous arriverons à Nuevo !

Les sourires étaient las mais présents et apaisaient un peu la fatigue. À présent, ils se sentaient faire partie d'un seul Clan, celui des Migrants.

Pour Anis et Rus l'Ancien, en tant que meneurs, la gestion de la logistique devint plus lourde à gérer. Tous deux souhaitaient mener les leurs à bon port mais les repas, les haltes et la marche elle-même amenaient un lot de problèmes à résoudre sous peine de découragement et d'agacement. Leurs corps s'étaient adaptés plus ou moins bien à toutes les difficultés extérieures. En tout cas, leurs souterrains leur semblaient bien loin.

Puis, au fil des jours de marche tendue vers un point inconnu, d'autres petits groupes d'hommes et de femmes se joignirent à eux de façon presque naturelle. Ils furent bientôt une centaine, formant une ligne mouvante, avançant le plus souvent à la queue leu leu dans les pas de celui ou celle qui en éclaireur ouvrait la voie de sa machette. Cette vague humaine ne faiblissait pas, plus hétéroclite, plus dépareillée, plus harassée aussi mais toujours déterminée à atteindre son but.

– Sur Nuevo, l'air est pur. Les animaux y paissent tranquilles.

– Toute violence y est bannie.

Tout semblait si idyllique... En réalité, des incidents de plus en plus fréquents troublaient ce bel équilibre : des tensions entre marcheurs éclataient par manque de nourriture et se terminaient en bagarre. Mais depuis peu, depuis qu'ils approchaient de la côte, ils devaient aussi faire face aux autochtones sortis de leur cachette qui voulaient les faire renoncer.

– Vous n'y arriverez pas ! Il n'y a pas de bateau.

– Retournez d'où vous venez, Nuevo ce n'est pas un rêve c'est un cauchemar !

Cependant, bon gré, mal gré, passant outre tous ces incidents, après des semaines d'un long voyage difficile, ils arrivèrent enfin. D'abord, ils sentirent que l'air avait nouveau parfum. Puis, ils comprirent qu'ils pouvaient un peu mieux respirer. Leur pas fatigué se mua en course pathétique ; encombrés de besaces et affaiblis par leur long périple, ils ne pouvaient courir que lourdement.

Sur la plage immaculée, l'océan les accueillit sauvagement, leur jetant son vent salé et frais au visage. Sa masse mouvante énorme les saisit de stupeur.

C'est ça l'océan ?

– Où est Nuevo ?

Face à eux, très loin, on devinait une terre.

Anis et Olaf, dos à la mer comptaient leur troupe :

– Bien, que les Bastilles se regroupent devant nous que nous fassions le point.

– On est là !

– On a perdu Lys en route, elle a choisi de rester avec un des Centraux.

– Vous êtes libres de faire ce que vous voulez. Que ceux qui souhaitent poursuivre l'aventure avec nous lèvent la main, demanda Anis.

Aux anciens Bastilles s'étaient joints des hommes et des femmes que la quête de Nuevo avait rassemblés.

– Et pour nous ?

– Si vous nous suivez, nous vous incluons dans notre nouveau clan : le clan des Conquérants.

Des sourires éclairèrent les visages, puis chacun se dispersa un peu plus haut sur la plage car les vagues atteignaient leurs pieds.

Une fois seuls, alors que tous préparaient un campement de fortune comme depuis des semaines, Anis et Olaf prirent le temps de regarder l'océan, de chercher au loin cette terre promise. Ils mesuraient l'ampleur de la tâche à accomplir.

– Que fait-on maintenant ?

– Maintenant ? On avance. On n'a que ça.

PLANÈTE

ÉTUDE PREPARATOIRE
Juillet 2150
Rapport confidentiel.
Objet : faisabilité de la colonisation de la planète Absolute.
Éléments de réponses ci-dessous transmises par l'agent Sue Bister.
Comportements des Absolutiens.

Sur Absolute, petite planète bien sage du fin fond de la galaxie le sexe dominant est le sexe féminin. Les êtres intelligents qui la peuplent ressemblent aux humains, ils ont le sang chaud, se reproduisent comme les mammifères, sont bipèdes, possèdent deux bras, deux jambes et une tête. Ils sont doués d'intelligence et de parole. Physiquement on note des différences : les membres de ces êtres sont plus longs et plus fins que ceux des humains auxquels on les compare. Leur tête est aussi bien plus grosse. Cependant, sur Terre, ils passeraient inaperçus dans une foule. L'organisation de leur société ressemble aussi à la nôtre. La différence essentielle est la place des êtres masculins dans leur société. Longtemps les Absolutiens ont été relégués en seconde zone. Ce sont les Absolutiennes qui contrôlent tout. On les trouve à la tête de toutes les organisations politiques, économiques et sociales. Elles cumulent tous les pouvoirs.

Comment expliquer cet état de fait ? Au début de leur évolution, les Absolutiennes étant plus charpentées et plus fortes, ont pris l'habitude d'aller chasser en laissant les enfants sous la garde de leurs compagnons plus frêles. Ce phénomène se retrouva sur toute la planète lors de l'élaboration de leur société. Absolute est de taille plus modeste que la Terre, elle n'a qu'un immense continent peuplé de près de 50 millions d'individus. Et qui sont tous issus de la même tribu primitive. Ce qui explique que ce schéma s'est propagé à toute la planète. Il faut dire que l'être masculin est de plus petite taille que sa compagne. L'Absolutienne est grande, 1 m 80 en moyenne. En général, elle ne craint pas le travail difficile. Comme l'humaine, elle porte un bébé neuf mois dans son ventre. Dès que le celui-ci nait, sa mère l'allaite quelques jours, le temps de reprendre des forces. Deux semaines après la naissance, les soins du petit sont entièrement dévolus au père. Il se chargera de son éducation pendant le temps nécessaire.

L'Absolutien est un être délicat, qui aime s'occuper des enfants et de son foyer. Cependant, il peut, comme sa compagne, avoir un travail. Mais ce travail doit être compatible avec sa vie de famille, sinon l'Absolutien se rongera les sangs ou déprimera douloureusement. Sa compagne, elle, est toujours active, elle aime le sport et l'action, c'est pour quoi elle lui délègue les soucis de la maison avec grand plaisir. Il existe des réelles différences entre les deux sexes, l'un dans l'action, l'autre dans la réflexion. Ne nous méprenons pas : les Absolutiennes veillent au bien-être de leur famille bien sûr, mais au bien-être matériel, étant peu douées pour l'expression de leurs sentiments. Cette différence est criante aussi dans leur apparence physique. Jamais un Absolutien ne sortira de chez lui sans être maquillé et apprêté, contrairement sa compagne. Dans les rues de la capitale mondiale d'Absolute, Irrban, les couples se promènent en toute décontraction mais avec cette constante : c'est madame qui tient l'épaule de monsieur et non l'inverse.

Les mœurs sur Absolute sont codifiées et policées comme sur Terre. Cependant, on notera une certaine tendance à la débauche de l'Absolutienne. Effectivement, elle n'hésite pas à donner des coups de canifs au contrat moral passé avec son compagnon en s'amusant, ainsi que ses congénères, dans des salons dits de « Détente ». Dans ces salons, autorisés par la loi, chacune peut, moyennant une somme définie, s'amuser avec un Absolutien de son choix.

Sur bien des points, Absolute ressemble à la Terre des années 1970. Militairement, ses capacités de défenses aériennes et au sol ne sont pas à négliger car elles sont similaires à celles que nous possédions dans ces années-là. Absolute possède des armes s'apparentant à nos armes nucléaires d'alors.

Il serait faux de croire que le peuple Absolutien se laisserait envahir et coloniser facilement, sous prétexte que l'élément féminin est l'élément dominant de leur société. Les Absolutiennes sont de redoutables guerrières, promptes à réagir violemment pour certaines. Socialement, le peuple Absolutien privilégie le dialogue pour enrayer toute bagarre mais sans pour autant être un peuple pleutre.

On note depuis quelque temps, une émancipation des Absolutiens mâles. Ils veulent se démarquer de leur compagne, demandent les mêmes droits, les mêmes avantages. Tout cela se passe dans la concertation et la bonne entente.

En conclusion, une colonisation agressive ne serait pas judicieuse, les Absolutiens dans leur ensemble n'étant pas aussi malléables que les premiers rapports supposaient.

Si c'est cette solution qu'envisage l'État-major des Terres Unies, il faut s'attendre à des pertes considérables des deux côtés. Les Absolutiennes ne se laisseront pas faire et leurs compagnons prendront la relève.

Juillet 2150, agent Sue Bister pour l'Assemblée des Terres-Unies.

En 2200, après des années de guerre, Absolute fait enfin partie des Terres-Unies.
Il reste une poignée d'Absolutiens qui vivent aujourd'hui sur un satellite-réserve.

Atika pénétra dans l'immense bâtisse de verre. Le grand jour enfin était arrivé. Elle allait amorcer l'inéluctable bouleversement même si pour ça il fallait utiliser tous ses crédits… Sa vie valait le coup de tout modifier.

Les locaux rutilants et luxueux de la société « New Time » l'impressionnaient un peu malgré tout. Ou était-ce tout simplement l'appréhension du plongeur juste avant le saut dans le vide ? Comme d'habitude, l'endroit était bondé principalement d'humains. Elle passa le portique de contrôle sans encombre.

Après son scan intégral le robot d'accueil lui indiqua :

– Suivez les flèches vertes au sol et sur les murs. L'agent Lo du Bureau Des Modifications vous attend.

Accompagnée par une dizaine d'autres personnes de tous âges et d'horizons très différents, Dina s'engagea dans un long couloir. Son cœur battait si fort qu'elle pensait que tous l'entendaient.

Ils se retrouvèrent vite devant un bureau déjà saturé de monde.

Le robot assistant plaça les nouveaux arrivés par ordre de passage.

Tout ici était bien huilé.

Atika se souvenait de sa première visite, deux semaines auparavant. Elle tremblait d'impatience quand l'agent Lo lui avait dit :

- J'ai le plaisir de vous annoncer que votre dossier est compatible. Le Bureau des Modifications vous convoquera dans quelques jours pour effectuer le transfert.

Cette annonce avait déclenché des larmes. Mais l'agent Lo l'avait rapidement reconduite à la porte, le couloir étant plein d'hypothétiques candidats aux changements qui attendaient leur tour.

En 2150, la société « New Time » était la seule fiable dans le domaine des mondes parallèles. De plus, elle possédait toutes les accréditations pour effectuer l'altération du temps.

Car ce qu'Atika voulait plus que tout au monde, et qu'elle allait obtenir bientôt ici, c'est transformer sa vie. Elle n'avait que 22 ans, âge idéal pour un nouveau départ.

Grâce aux nouvelles machines à remonter le temps, ou plutôt à le modifier, c'était possible.

La première machine à explorer le temps ne permettait qu'une vision incomplète du passé. Mais elle datait de 2090 et depuis, des progrès énormes avaient été accomplis pour avoir prise sur le destin des hommes. La société « New Time » avait été la première à séquencer le fil déroulant du temps. Elle expliquait dans une pub qui passait partout dans la mégapole comment ses ingénieurs avaient réussi à découper le temps en morceaux, de façon à pouvoir accéder aux « Mondes Parallèles ». Un peu comme des tranches d'un même cake qui formaient un bloc mais qu'on pouvait atteindre sans défaire l'ensemble.

Rapidement, il avait fallu voter des lois pour protéger l'équilibre du monde réel. Des règles strictes avaient été édictées, voulant une éthique rigoureuse. Les accords de Méga-Paris de 2100 réglementaient toutes les envies de triturations du Temps. Des accréditations étaient délivrées désormais. Bien sûr, il était impossible d'envisager un meurtre ou tout acte contraire aux lois de la République. Et, n'en déplaise aux utopistes, il avait été démontré qu'un seul acte ne pouvait modifier le cours inéluctable de l'Histoire. En fait, il était impossible de changer la séquence principale de l'Humanité. Le parti des Pacifistes avait bien rêvé de résoudre tous les problèmes humains en empêchant la découverte du commerce. Peine perdue. Les Adorateurs de l'Amour ont voulu tuer Hitler encore enfant pour que n'ait pas lieu la guerre de 1939-1945 et ses horreurs. Sans succès. Les Libérateurs de Gaïa tentèrent de compromettre l'émergence de l'industrie chimique pour le bien de la planète. Pure perte. Les seules modifications possibles n'étaient donc que de simples « oublis » capables de remodeler une destinée.

La société « New Time » proposait en toute légalité, contre une somme non négligeable, de chambouler le cours de la vie des tristes, des malheureux, des laissés pour compte du bonheur humain. Et cela en changeant juste un détail dans leur passé. Leur slogan aguichant clignotait ou s'affichait partout dans la mégapole : « Ne changez pas le Monde entier : changez juste le vôtre ». Les écrans omniprésents saturaient toutes les connexions et tous les réseaux en informations, explications, témoignages divers de clients satisfaits pour attirer les candidats potentiels.

C'est grâce à sa meilleure amie Flo qui avait fait l'expérience et qui s'avérait positive que Dina s'était décidé à en faire autant. Flo n'avait eu qu'à donner aux Modificateurs une date, une heure... et c'était tout ! Dina ne reconnaissait plus son amie depuis. Elle rayonnait. Ne se droguait plus au DPA sans arrêt dans la journée. Prenait soin de son corps et de son appart. Bref, un petit recadrage dans le fil de sa vie l'avait réellement métamorphosée.

– Atika, cesse de te lamenter et paye-toi « New Time » !

- J'ai un peu peur...

– Bien sûr que non ! Nous savons toutes les deux d'où viennent tes problèmes !

- Flo...

– Tu dois supprimer cet instant qui pourrit ta vie...

Elle avait raison et c'est pourquoi Atika allait tout à l'heure, quand son tour viendrait, corriger ce dysfonctionnement. Grâce à « New Time » plus rien n'était irréversible. Autant en profiter !

Tout débuta donc en 2090 quand un chercheur trouva le moyen de séquencer le temps. Il s'ensuivit un tel engouement du public frustré du quotidien qu'il fut bien vite dépassé par sa découverte. Très rapidement cela devint politique et les gouvernements virent dans cette méthode une façon de calmer les rebelles du système. C'était un bon filon : changer sa vie plutôt que changer la vie.

Il faut avouer que la Terre n'offrait pas beaucoup de raisons de se réjouir : en 2 150 l'air irrespirable imposait le port d'un masque à tous. Le ciel demeurait définitivement gris fer. L'eau, si rare que chacun buvait son urine recyclée. La nourriture courante consistait en pâtes compactes de couleurs différentes faites à partir d'insectes broyés. Les conflits et les pandémies récurrents depuis des décennies avaient fait baisser la population mondiale de façon vertigineuse. Le désir d'enfant ne tenaillait plus la race humaine, essoufflée, anxieuse et souffreteuse de 2150. Il faut reconnaître qu'un bébé sur deux naissait avec une anomalie génétique. De quoi refroidir la moindre ardeur. La technologie suppléait à tous les manques. Et ils étaient nombreux : plus d'air, plus de soleil, plus d'herbe verte, plus de sourires, plus de sources de plaisir... Survivre dans Méga-Paris pour tout être vivant relevait de l'exploit quotidien. Le gouvernement, soucieux du bien-être, et de la docilité, de ses citoyens distribuait gratuitement et largement des drogues douces telles que la DPA (Drogue Paradis Autorisé) s'attachant ainsi leurs bonnes grâces.

Plongée dans ses pensées, Atika se remémorait les nombreuses questions du robot instructeur qui réalisa la première sélection avant d'être acceptée par l'agent des Modifications.

La voix métallique disait :

– Quel détail voulez-vous gommer et pourquoi ?

– Je souhaiterais ne pas rencontrer mon compagnon actuel. Il s'appelle Aren... Parce que je ne suis pas heureuse.

Tout en cochant et enregistrant sa réponse, le robot continuait, imperturbable.

- La société « New Time » ne garantit pas le retour du bonheur une fois le détail effacé. Vous avez une date précise ? Une heure précise ?

– Oui je sais bien. Le 4 février 2147. L'heure ? C'était le matin...

– Nous ferons des recherches avec ça. Veuillez patienter le temps des calculs de probabilités.

C'est bien, pensa-t-elle alors, il ne m'a pas dit « Pourquoi ne le quittez-vous pas tout simplement ? », même si elle savait pertinemment que les robots n'expriment jamais d'opinions.

La réponse s'afficha rapidement sur son écran : « Retenue » - Veuillez passer maintenant dans le bureau de l'agent Lo des Modifications. Bonne journée.

Atika pénétra dans un bureau envahit d'écrans et de dossiers numériques.

– Installez-vous, lui dit une cyborg obèse.

Pendant quelques minutes, elle n'entendit que la respiration rauque de l'agent Lo et son propre cœur qui battait trop fort.

– Je suppose que vous ne voulez pas le quitter ?

– Je ne veux plus du tout avoir affaire à lui, répondit-elle agacée.

– Je vous informe que si vous êtes éligible pour la Modification, vous devrez signer une décharge pour la Société en cas de déception.

– Je sais, j'ai lu les clauses.

L'agent Lo ne leva même pas sa tête métallique vers elle. Puis, une fois qu'elle eut relu et annoté le dossier :

- J'ai le plaisir de vous annoncer que votre dossier est compatible...

C'était il y a deux semaines, encore quelques minutes et tout serait réglé.

Dans le brouhaha discret du couloir plus que comble, les paupières closes, elle repassait en accéléré ses dernières années avec Aren.

Le 4 février 2147, il devait être 9 heures du matin, la chaleur déjà étouffante de l'hiver ne l'avait pas dissuadée de se rendre dans une salle de jeux nouvellement ouverte dans son quartier. Elle s'y rendait pour jouer aux jeux virtuels sur écrans géants et pour s'approvisionner en DPA autorisée. Aussi pour parler à des êtres humains, étant saturée de la compagnie des robots et autres IA.

Quand elle pénétra dans la salle pleine de monde, de lumières et de sons psychédéliques, elle ôta son masque et prit une bonne bouffée d'air frais avec plaisir.

C'est à ce moment-là, à cet instant précis, que ses voyants sous – cutanés de Konect, sur son poignet, se mirent à clignoter. Cela indiquait qu'un garçon correspondant à ses attentes se trouvait à quelques mètres d'elle. C'était assez rare pour que cela la surprenne. Mais elle n'eut guère le temps de penser qu'un beau jeune homme se plantait devant elle, ses voyants clignotant aussi, tout sourire. C'était la première fois qu'elle voyait Aren. Ce souvenir-là la brûlait au fer rouge. Car Aren pénétra sa vie, l'investit d'une façon évidente aussitôt cette rencontre. Ensuite... Ensuite il montra son vrai visage, celui d'un être manipulateur et sans scrupule.

Rien qu'à cette évocation, Atika eut un hoquet nauséeux douloureux. La seule solution pour se débarrasser d'Aren et revivre à nouveau sereine se trouvait là, derrière cette porte : ne jamais le rencontrer.

Son tour vint enfin. L'agent Lo lui lut toutes les mises en garde d'usage et s'assura d'avoir tous ses documents signés.

– Vous avez bien compris qu'en supprimant ce détail de votre vie, vous passerez dans un monde parallèle à celui-ci. Et qu'il vous sera impossible de revenir à cet original. Une fois que la matrice du Temps est modifiée c'est inéluctable.

– Oui, répondit-elle, suffoquée d'impatience et d'appréhension.

– Vous n'avez rien à faire. Juste à vous laisser guider. Les techno-robots vont faire le nécessaire.

Et elle entraina Atika dans une pièce nue dont les murs étaient entièrement recouverts de métal, avec en son centre une sorte de siège d'astronaute, bourrée d'électronique et de voyants. La jeune femme s'y assit et attendit les indications en tentant de maitriser son souffle. Deux robots lui installèrent des électrodes sur son front et sur ses poignets. Ils s'adressaient à elle calmement :

– Vous aller revivre en accéléré cette nouvelle vie dans un monde parallèle. Quand vous ouvrirez les yeux tout sera identique ici mais pas votre vécu. Votre réalité aura changé.

– Oui.

– Nous allons vous injecter un léger sédatif car nous avons besoin d'une rigoureuse immobilité.

Elle sentit vaguement la piqûre dans son bras.

Quand elle rouvrit les yeux, tout était identique :

– Bienvenue dans votre nouvelle vie Mademoiselle Atika.

Lui annoncèrent en chœur les techno-robots en la débarrassant des électrodes.

C'est vrai ? Cela a fonctionné ? demanda-t-elle incrédule.

– Bien sûr. Nous vous souhaitons un bon retour chez vous. Merci de votre confiance.

Et rapidement, elle se retrouva hors de la pièce, puis bien vite devant la porte de sortie.

Elle resta un moment à hésiter à rejoindre la rue passante.

Elle savait qu'elle avait fait modifier un détail de sa vie puisqu'elle tenait serré dans sa main le Certificat de Modification, mais elle n'avait aucun souvenir de ce que fut ce « détail ».

Elle se retrouva dehors. Elle souriait, chose qui ne lui était plus arrivé depuis des mois.

Elle souriait sous son masque.

La vie devant elle.

SUBSTITUTION

Ray dévala les escaliers de son immeuble quatre à quatre ce matin-là. Son réveil n'avait pas sonné et il arriverait en retard au travail s'il ne se secouait pas un peu. En passant, il salua sa vieille voisine acariâtre qui venait d'éternuer à grand bruit, d'un « Bonjour Madame Bidu ! À vos souhaits ! » auquel elle répondit par un grognement, comme d'habitude. Il s'engouffra dans la rue à la manière d'un désespéré.

Sept heures plus tard, sa journée achevée, il revint chez lui d'un pas tranquille, goûtant même la quiétude de sa petite rue parisienne aux allures de village. Il acheta un bouquet de fleurs et une bouteille de vin juste avant de pousser la porte de son immeuble. Il s'élança aussitôt à l'assaut des escaliers de bois. Un frisson inexplicable lui parcouru l'échine quand il croisa le regard de Madame Bidu, qui le regardait monter derrière sa porte entrebâillée. Il n'y prêta cependant guère attention, il avait rendez-vous avec Ilana à quelques pas d'ici et n'avait pas beaucoup de temps pour se préparer.

Leur rencontre résultait du miracle technologique de l'application Finder. Leurs deux profils avaient matché, puis quelques petits mots plus tard ils s'étaient convenu de se voir autour un petit repas sans façon chez Ilana. Le seul hic, c'est qu'elle vivait en colocation avec une étudiante Colombienne. Ils ne seraient donc pas seuls ce soir. Mais Ray, en bon optimiste, entrevoyait sans sourciller une petite soirée qui se finirait, pourquoi pas, à trois.

Quand Ilana vint lui ouvrir, il fut plus qu'heureux du choix aléatoire de l'application. C'était une belle et très agréable jeune femme, longue liane brune aux yeux verts et à la voix douce. Elle paraissait un peu lasse :
– Bonsoir Ray.
– Bonsoir Ilana.
– Merci pour les fleurs et le vin !

Le petit appartement sentait l'encens, il était décoré façon bohème chic. Ray se plut immédiatement dans cette ambiance :

– On peut ouvrir le vin pour l'apéro ? demanda-t-il en souriant.

– Bien sûr.

Elle lui tendit un tire-bouchon en lui rendant son sourire. Elle avait préparé une grosse salade, choisie deux belles assiettes et deux beaux verres pour que le repas soit une petite fête. Ray apprécia. Elle trempa ses lèvres pour goûter le vin qu'il venait de verser. Elle semblait soucieuse.

– Je dois te dire quelque chose.

Pendant quelques secondes il s'imagina des tas de films érotiques avec elle.

– Oui...

– C'est ma coloc...

Et avec sa coloc aussi !

– Elle est très bizarre depuis deux jours, jusqu'à présent c'était une fille sympa, mais là je dois admettre qu'elle est glauque.

Les rêves de Ray s'évanouirent aussitôt.

– Glauque ?

– Oui. N'y prête pas attention mais... elle... elle mange les déchets.

– Quoi ?

– Elle fouille dans la poubelle pour manger nos déchets.

Soudain l'enthousiasme coquin de Ray retomba à son plus bas niveau, Ilana paraissait normale, mais en fait, c'était une dingue. Il songea que c'était bien dommage car physiquement elle correspondait en tout point à ses préférences. Mais une relation, même furtive avec une dérangée, non merci. Il prépara sa fuite sur un ton badin pour ne pas l'affoler.

– Et où est-elle cette adepte de la récupération absolue ?

– Dans sa chambre. Mais t'inquiète Ray.

La voix d'Ilana restait douce et sereine, il s'assit et bu son verre de vin pendant qu'elle lui servait sa salade. Ils commencèrent à manger en bavardant. Petit à petit la tension baissa et une connivence s'établit entre eux. Ray se détendit et Ilana aussi apparemment. Des rires fusèrent entre eux, la soirée s'annonçait finalement prometteuse. Arrivés en douceur au dessert on les aurait crus presque amis de longue date. C'est à ce moment-là que la colocataire sortit de sa chambre :

– Bonsoir vous deux ! dit Luisa avec son accent sud-américain à couper au couteau.

Elle paraissait joviale et surtout « normale », Ray ne savait que penser. Mais bien vite la réalité s'imposa à lui quand la jeune femme très brune et un peu ronde se mit à chercher des rognures de repas dans la poubelle. Gêné, Ray tenta un :

– Il en reste dans le saladier. Regarde !

– Non merci, lui répondit-elle poliment, j'aime mieux quelque chose de plus goûteux.

Le jeune homme eut un haut-le-cœur en la voyant se pourlécher les doigts avec des déchets de cuisine. Sans réfléchir il se leva pour fuir cet appartement. Ilana fit de même.

– Allons faire un tour dehors Ray. Tu veux bien ?

Elle l'avait dit avec une telle douceur qu'il lui en fut reconnaissant. Ils descendirent dans la rue respirer l'air pollué parisien qui leur sembla ce soir moins lourd.

– Ouf ! Merci Ilana. Je suis désolé mais les comportements bizarres me font flipper

– C'est pour ça que j'ai essayé de te prévenir... Mais Luisa était tout à fait normale il y a deux jours.

– Raconte.

– Il n'y a rien à raconter en fait. Avant-hier, elle est revenue de cours différente, c'est tout.

– Fin de l'histoire ?

– Fin de l'histoire. Elle me fait un peu peur. Pourtant elle n'est pas agressive au contraire, elle sourit tout le temps. Elle ne veut que manger des trucs pourris. Et...

– Et quoi ?

– Elle dit qu'elle veut faire un cocon dans sa chambre.

– Tu dis qu'elle est revenue de cours comme ça ?

Des sueurs froides coulaient dans le dos de Ray.

– Oui... Elle s'est arrêtée à la pharmacie du coin pour un rhume juste avant de rentrer à l'appart...

Ils étaient sur le trottoir face à face, un peu perdus, un peu hagards. Plus loin, des gens déplaçaient des poubelles. La soirée était douce, presque printanière.

– Je vais rentrer, chuchota Ilana hésitante.

– Viens plutôt chez moi, lui répondit Ray avant de l'embrasser.

Quand ils s'éveillèrent le lendemain dans l'appart sous les toits de Ray, le soleil dardait ses rayons réconfortants avec générosité. Souriante, Ilana se leva :

– Je vais me doucher avant de retrouver ma coloc dégueu.

– Je t'accompagne sous la douche... Et je te raccompagnerai chez toi, lui répondit-il d'un air coquin.

Peu après, ils descendirent les escaliers main dans la main. Ils se dégageaient d'eux une aura de béatitude. Sous le porche, Ils croisèrent la vieille Madame Bidu, elle sortait du local à poubelles, la bouche et les mains sales.

Ray se figea sur place, prenant la main d'Ilana par réflexe.

– Tout va bien Madame Bidu ?

– Oui mon petit, lui répondit-elle en mâchonnant quelque chose.

Il eut un haut-le-cœur. Ilana l'entraîna de force dans la rue.

– Qu'est-ce que tu crois ?

– Je ne sais pas. Mais elle aussi mange des déchets.

Et puis pensif :

– Normalement, c'est une grincheuse, et là, elle se permet des familiarités.

C'est une coïncidence.

– Luisa et ma voisine ? Je trouve ça très étrange.

Ils marchèrent, silencieux et pressés, côte à côte, mus par un pressentiment. Autour d'eux, Paris continuait sa vie. Les trottoirs maculés, la foule indifférente, les vélos, les trottinettes à éviter, tous les détails de la capitale bouillonnante leur semblèrent rassurants. Ils habitaient à quelques centaines de mètres l'un de l'autre, ils furent vite dans la rue d'Ilana :

C'est dans cette pharmacie que s'est arrêtée Luisa avant-hier.

Ils dépassèrent rapidement la petite officine. Mais bien vite, une stupeur sourde les saisit, dans la rue, des poubelles gisaient éventrées, renversées, encombrant la chaussée de tous les déchets qu'elles recelaient. Leurs mains se serrèrent violemment quand ils virent plusieurs personnes à même le sol trier et manger les déchets avec délectation. Non pas des sans-abri, non pas des personnes apparemment dans le besoin mais des personnes banales qui se livraient ici à des actes plus qu'incongrus. Il y avait des hommes, des femmes des enfants même qui se goinfraient sans pudeur d'immondices sans se préoccuper le moins du monde des autres passants. Tous affichaient un sourire de contentement extrême. Le couple accéléra sa marche pour atteindre l'appart d'Ilana le plus rapidement possible. Petit à petit une peur panique étranglait leur souffle. Aucun des deux ne pouvait parler. Ils grimpèrent les escaliers de bois quatre à quatre et poussèrent la porte d'Ilana très inquiets. Le logement silencieux était resté dans l'état qu'ils l'avaient quitté précipitamment la veille.

– Luisa ! Luisa ! appela Ilana.

Sans réponse, elle frappa à la porte de sa chambre mais sans plus de succès. Ray regardait son téléphone effaré par ce qu'il y lisait.

– Qu'est ce qui se passe ?

– Il se passe qu'une étrange épidémie se répand dans Paris.

Il se laissa tomber sur une chaise.

– Écoute ce qu'en dit Vérité TV : des gens sont pris de violentes envies de manger des déchets, des aliments pourris ou faisandés.

147

– C'est une maladie ?

– En tout cas ça y ressemble.

Terrifiés, ils restèrent un moment dans les bras l'un de l'autre en scrutant le petit écran :

– On sait comment ça s'attrape ? s'inquiéta Ilana.

– Non !

La peur suffoquait Ray, son esprit ne pouvait pas raisonner clairement.

– Qu'est-ce qu'on va faire ? lui chuchota Ilana, pétrie d'angoisse.

– Il faut se rendre dans notre mairie d'arrondissement. On verra bien quelles mesures ils nous conseilleront d'appliquer.

C'est à ce moment-là qu'ils entendirent du bruit venant de la chambre de Luisa. C'était plutôt un gémissement. Instinctivement, Ilana frappa encore à sa porte :

– Luisa ! Luisa ! Tout va bien ?

Le gémissement curieux, longue plainte feutrée, se fit de nouveau entendre, il leur donna la chair de poule, mais Ilana, n'en pouvant plus, ouvrit la porte. L'intérieur de la chambre était entièrement occupé par une énorme forme faite de différents tissus déchiquetés et disposée de façon à faire une sorte de grand sac bien colmaté avec une matière visqueuse. De ce sac sortaient des murmures inquiétants.

Glacés, les jeunes gens n'osaient pas bouger.

– Luisa ? demanda timidement Ilana.

Un borborygme sortit du sac. Une voix ? Un râle ? Ils n'eurent pas le temps de se questionner plus car au même instant, une convulsion terrible, un hoquet puissant fit jaillir une créature mi-humaine mi-insecte qui éructa entre ses mandibules :

– Pas Luisa ! Pas Luisa !

D'un seul élan, sans réfléchir, Ray et Ilana bondirent hors de l'appartement et se jetèrent dans les escaliers en hurlant de terreur.

La substitution venait de commencer.

VIRUS

Erri déverrouilla la porte de la capsule en souriant. Il était de retour à la maison. Notre bonne vieille terre de 2100. Avec sa pollution extrême, ses températures caniculaires, son eau rare, ses guerres, ses imperfections, certes, mais ses bons côtés aussi : la bière de soja, les hamburgers d'insectes et les brigades sensuelles.

Il en avait assez de servir de guide de luxe dans l'espace-temps à des milliardaires bourrés de fric. Cependant, il faut bien manger et ça payait plutôt pas mal.

Ça faisait 5 ans qu'il faisait ce boulot et il en avait fait le tour. Les voyages temporels dans cette « machine à remonter le temps », héritée de HG Wells grandement améliorée, le laissaient un peu de marbre... Mais heureusement que de riches curieux ne regardaient pas à la dépense pour retourner voir le passé pour quelques heures. Car il ne s'agissait bien que de « voir » le passé en restant derrière les vitres blindées de la capsule.

« Aucune interaction pour aucune perturbation, pas d'effet papillon, c'est la devise de la maison. »

À ceux qui râlaient, frustrés, Erri leur répondait « Le règlement c'est le règlement. »

Mais ce voyage-là s'était bien passé, les passagers n'étant pas trop imbus d'eux-mêmes pour une fois. Il avait apprécié de convoyer les Hassani, un couple de quadra, et Saul et Nic, deux jeunes célibataires, tous amateurs de nostalgie tranquille. Il faut dire que regarder les années 1960 pendant quelques heures c'est quand même assez reposant.

Erri tira la porte à lui. Mais, impossible de l'ouvrir, elle résistait.

C'est quoi cette connerie ? Fulmina-t-il en y mettant toutes ses forces.

– Un problème ? demanda Saul.

– Les techniciens nous font une blague, c'est rien, répondit-il. Holà ! C'est bon les mecs ! On a bien ri : ouvrez-nous maintenant !

Il s'arc-bouta sur la porte pour la tirer à lui.

– C'est bon maintenant ! Débloquez cette putain de porte ! hurla Erri.

Saul et Nic vinrent spontanément lui prêter main-forte.

– Ils font ça souvent ?

Ils tirèrent la porte à eux dans un élan commun. Elle s'ouvrit très légèrement, mais suffisamment pour qu'ils puissent sortir.

Ce qu'ils virent alors les laissa sans voix.

La salle de contrôle des voyages temporels avait disparu : remplacée par un chaos incongru.

Du plafond effondré passait un grand soleil éclairant une végétation luxuriante envahissant le lieu qu'ils avaient quitté il y a quelques heures à peine. Les murs étaient lézardés, tout le matériel informatique rouillé, encombré de ronces et de débris divers.

Pas d'électricité, pas de réseau téléphonique, il régnait un silence de mort dans cet endroit à l'abandon.

– C'est une caméra cachée ? demanda Méryl Hassani à son mari Ryan en essayant d'activer son portable.

– Hé ! Il y a quelqu'un ? lança Erri.

Personne ne répondit à son appel.

Il se fraya un chemin jusqu'au poste de commande. Tout était inutilisable. Désactivé. Déconnecté.

– Qu'est ce qui se passe ? hurla Nic.

– Je n'en sais pas plus que vous, réussit à lui dire Erri.

Il vit sur leur visage à tous se dessiner une stupeur sans nom, une peur panique.

– On se calme, dit Erri en prenant sur lui de ne pas se laisser aller.

– Mais dites-nous ce qui se passe ! cria Ryan, soutenant sa femme qui se sentait mal.

– C'est pas possible ! C'est pas possible ! Chéri ! Fais quelque chose !

– Je vous dis de vous calmer, martela Erri. On va sortir et trouver quelqu'un qui va tout nous expliquer.

Disant cela, il prit une barre de fer, pouvant faire office d'arme et commença sa progression jusqu'à la sortie.

– Oui, sortons d'ici au plus vite, renchérit Saul, qui se saisit d'un pied de chaise au passage.

Atteindre le parking extérieur ne leur fut pas faciletant le bâtiment était dégradé et donc dangereux.

Méryl pleurait silencieusement soutenue par Ryan, Nic, en automate un peu sonné, suivait les deux autres hommes qui ouvraient la marche.

– J'ai des rendez-vous très importants moi...

– Tu vas la fermer ? le rabroua Erri sans ménagement.

Ils trouvèrent dehors le même chaos qu'à l'intérieur : abandon et désolation. Les véhicules sur le parking semblaient rouiller ici depuis longtemps mangés par la végétation sauvage et par des fientes d'oiseaux. D'ailleurs une nuée dense de moineaux s'envola non loin d'eux, brisant le silence.

– Hé ! Il y a quelqu'un ? s'époumona Erri plusieurs fois.

Mais ses appels restaient désespérément sans réponse.

– Marchons jusqu'au centre-ville. Nous avons cinq kilomètres à faire. Il n'y en a pas pour longtemps. Nous trouverons certainement du monde, proposa Erri.

Les autres acquiescèrent et tous s'avancèrent sur ce qui fut la rocade menant à la ville, défoncée, ressemblant à une jungle.

D'impressionnantes bandes d'oiseaux les survolèrent. Ils furent aussi surpris par des nuages compacts de mouches assombrissant le ciel autour d'eux. Mais aucune activité humaine à voir alentour.

Muets et tétanisés par la stupeur jusqu'alors, les Hassani, Saul et Nic se lancèrent dans des hypothèses diverses :

– Sommes-nous dans un monde parallèle ?

– La capsule s'est-elle retrouvée dans une faille spatiotemporelle ?

– Ou une distorsion du temps ?

Erri, quant à lui, serrait les dents, pressentant une catastrophe.

Ils progressaient lentement entre les arbustes poussés dans chaque fissure du goudron, quand ils virent une première voiture dans le fossé. Ils accélérèrent leur marche.

– Nous sommes suivis, prévint Erri.

– Quoi ?

– Une meute nous suit.

– Mais non, répondit Ryan, j'ai vu juste quelques chats.

– Des chats redevenus sauvages d'après moi, expliqua Erri. Ils sont des centaines. Que chacun se trouve une sorte d'arme, on ne sait jamais.

Mus par une peur accrue, Ryan, Méryl et Nic ramassèrent des branches pour s'en faire des gourdins.

Plus ils avançaient, plus ils apercevaient d'autres véhicules dans le fossé ou sur la voie.

Arrivés à la première voiture accidentée, ils y découvrirent les os blanchis du conducteur.

Méryl se mit à sangloter et à éternuer violemment.

Erri réussit à ouvrir la porte du passager. La voiture était inutilisable mais il comptait trouver des explications sur leur situation.

Saul scrutait les alentours, inquiet.

– J'entends des bruits derrière les arbres, dit-il en serrant le pied de chaise dans ses mains.

Nic éternua aussi à ce moment précis.

– Vous trouvez quelque chose ? demanda Ryan.

– J'ai un journal, répondit Erri en s'extirpant de l'habitacle déformé du véhicule.

Il déplia avec soin les « Nouvelles d'ici » sur le sol.

Ryan toussa brusquement à cet instant pendant que Saul éternuait.

Un seul gros titre s'étalait à la une du journal daté du 14 juillet 2120 :

« Virus du coryza fulgurant : aucun vaccin à ce jour. L'humanité en danger. »

Ils se regardèrent pétrifiés. Des feulements se rapprochaient d'eux.

Sans même un cri, Méryl s'affaissa brutalement sur le sol, du sang coulait de son nez.

Son mari, Saul et Nic luttèrent un court instant contre une toux irrépressible.

Un à un ils tombèrent à terre en suffoquant, baignant dans leur sang.

Erri regarda la meute de chats qui les encerclait maintenant.

En regardant le bleu du ciel il pensa : « On efface tout et on recommence. »

Puis il cessa de se retenir d'éternuer.

Du même auteur

« Je laisserai mes pas sur le sable », Éditions La Porte, 2016

« Chats et compagnie », Éditions A et H, 2016

« Baleines et compagnie », Éditions A et H, 2017

« Hiboux et compagnie », Éditions A et H, 2019

« Poules et compagnie », Éditions A et H, 2020

« Série enfantine des *Timinou* », Éditions A et H, 2020

« L'attente lumineuse », Éditions BOD, 2021

« Je veux » (collaboration avec Pierre Léoutre), Éditions BOD, 2021

« La chair du soleil », Éditions BOD » 2022

« Confettis de soleil », Éditions Stellamaris, 2022

Édition :

BoD – Books on Demand,
info@bod.fr

Impression :

BoD – Books on Demand, In de Tarpen 42,
Norderstedt (Allemagne)
Impression à la demande

N° ISBN : 978-2-3220-9471-4

Dépôt légal : Février 2023

www. bod.fr

Avec le soutien de l'association Le 122
Maison des écrivains
15, rue Jules de Sardac
32.700 Lectoure

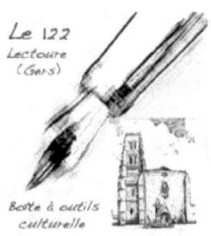